KB267865

나는 나를 좋아한다

나는 나를 좋아한다

초판 1쇄 인쇄   2008년 5월 20일
초판 1쇄 발행   2008년 5월 25일

지 은 이   한영주
펴 낸 이   손형국
펴 낸 곳   (주)에세이
출판등록   2004. 12. 1(제395-2004-00099호)

주   소   412-791 경기도 고양시 덕양구 화전동 200-1 한국항공대학교
              중소벤처육성지원센터 409호
홈페이지   www.essay.co.kr
전화번호   (02)3159-9638~40
팩   스   (02)3159-9637

ISBN 978-89-6023-168-9 03810

에세이 작가 총서 | 19

나는 나를 좋아한다

한영주 시집

3부 걷고 또 걸어서 가라

1부
내 곁에 있다는 이유로

그대 있는 아침에

아침에 떠오르는 태양이
창가에 비춰들 때
그 순간 마음에 왔다가는 그대여
생각해보니
그대가 곁에 있는 날들은
창가를 비춰드는 햇살처럼
눈부시게 아름다웠습니다
그대의 눈빛이
마음을 여는 아침마다
하루를 들여다 봅니다
깨어난 그리움을 안고
하루만큼 더해진 그대를
사푼히 안고 가는 나날이
더없는 행복이었습니다
그런 그대가 떠난 후
여전히 아름다운 햇살이
창가로 비춰듭니다
다시 태어나서 다른 사람을 만나도
그대가 행복이었다는 것을
확인하는 아침
언제나 창가에 찾아드는 햇살은
텅 빈 마음에 차곡차곡 들어찰 겁니다
그대 있는 아침에

산책

노을빛에 물든 호수 위로
출렁거리며 흔들거리는 불빛
가로수 불빛이 기둥처럼 섰고
달빛이 가는 길에
어둠이 호수 밑으로 내려앉는다
호수가로 밀려나온 사람들이
던져놓은 발자국마다
달빛을 채워가며 거닐고
노래하는 분수대의 물줄기는
내 마음 같다
그대 생각으로 춤을 추는
내 심장 같다
하늘 위로 쏘아올린 그대 생각으로
별이 되는 밤
호수 위로 출렁거리며 오는
물결처럼
건너편에서 거닐고 있을 그대 생각으로
호수의 불빛이 달려온다
건너편으로 향하는 발걸음과
만나는 낯선 애기들
그마저도 바람으로 흘러들 때면
다시 뛰는 심장은
설레는 마음으로
그대에게 간다

어느 아침… 마음은 뜨겁다

아침을 깨우는 거리의 바람에
얼음이 왔고
얼음 위로 겨울이 미끄러져 왔다
가을 빛 옅은 낙엽이
찬바람에 쓸쓸히 날리고
밤새워 데웠던 마음도
얼어버릴 것 같은데
눈가에 붙은 그리움은
아침마다 너를 부른다
가을이 떠나기도 전에
깊숙이 파고드는 때 이른 겨울도
그립도록 찾는 마음 앞에선
너를 얼게 할 순 없었다
마음은 뜨거워
겨울은 오지 않는다
너를 품은 내 안의 세상은
활활 타오르고 있는 여전히 가을이다
몇 번의 세상이
몇 번의 겨울을 불러와도
아침이면
다시 시작되는 너와의 세상은
따뜻함이다

한사람이

가을의 빛보다도 아름답고
선명하게 다가오는
한 사람이
멀리서 오는 그리움에
마음이 뜨겁다
익어가는 들판의 곡식과
물들어가는 나무
계절이란 시간의 변화로 다가오고
사람이란 마음의 변화로 다가온다
한 사람이
내 삶의 전부를 담고 있는
마음에 와서
빛이 되고 물드는 계절에
가을하늘 한 자락 오려 내여
뭉게구름 펼쳐놓고
한 사람을 위한 편지를 띄워 보내리
빛이 지쳐가는 시간이 와도
한 사람이 있는 마음을
서녘하늘 모퉁이에 뿌려서
멀리서도 내안에
불타고 있다고
이 가을이 꺼지기 전에
불타는 마음을 전하고 싶다

추억에 추억이

작은 빗물이 한 방울씩 모여
작은 개울을 만들고
개울은 냇가로 강으로
그러다 바다로 흐른다
파편처럼 쪼개진 기억이 모여
마음을 잇는 줄기를 따라 흐르니
어느덧 깊은 심장에 닿아
사랑의 바다를 만나고
그곳에 그대가 산다
지나고 나면
잊혀질 거라 믿었던 바보
눈물을 닦으면
떠나갈 거라 믿었던 바보
사랑하고 나면
후회도 없을 거라 믿었던 바보
정말 바보였나 보다
그대와 나누었던 추억이
사랑이 되는 것도 모른 채
추억에 추억이 더해지면
허허벌판 마음에도
사랑이 오는 걸 모른 채

바람

어느 날
흩어진 기억을 찾으러 갔던
마음에서 돌아와서
두 눈앞에 펼쳐진 세상에
한동안 말을 할 수 없었다
마음에서 느껴지는
떨림의 흔적은
두 눈이 밝히는 세상에선
느껴지지 않았다
눈을 닫았고
빛은 들지 않았던 마음
긴 여행을 떠난 후
다시 돌아왔을 때
그대가 두 눈을 밝혀줄 거라 믿었다
세월의 낙엽이 떨어지는 그날까지
가야할 길이
푸른 하늘에 펼쳐진 뭉게구름의 여유로
잔잔하게 흘러들길 바라면서
떠났던 여행이 끝나는 날
언제나처럼
그대를 꿈꾸었던 시절
그 추억을 되돌려주고 싶었다

새벽은 왔다

어둠을 깨우는 바람소리
달빛이 기울고
성당의 종소리가 울린다
밤을 지새운 달과 별
마음 한 켠
밝히지 못한 아쉬움에 밀려가고
숱한 시간 숱한 밤을
단 하나의 마음으로
함께였던 그대라는 사람
새벽을 맞는 성당의 십자가에
믿음의 빛은 더해지고
어둠 사이를 뚫고
창문은 열리고
낯익은 일상 속에
함께였던 그대처럼
새벽은 왔다

여운

그리워서
그립다고 말할까
그러면 마음이 멈춰버릴 것 같아

사랑해서
사랑한다 말할까
그러면 마음이 날아갈 것 같아

그대였다고
그리워서 사랑해서
마음이 숨기려 한다고

눈을 뜨는 일조차
그대였다고
그대 없는 곳에 서 있던 쓸쓸함

가지를 흔드는 바람도
스쳐 가면 긴 여운을 남기듯
한 번 스침이
마음에 긴 여운을 남긴 그대

달빛이 시리다

달빛이 시리다
창가를 찾은 나그네
가려진 커튼에 묻혀
뒤돌아섰던 그날 밤
눈가에 맺힌 그대를 닦아 내고
달려 나간 놀이터엔
쓸쓸히 뒹구는 낙엽이 있었다
숱한 추억이 어지럽게 나뒹구는
놀이터 곳곳에 푸른빛 흘린 낙엽과
추억을 두고 간 그대가 있었다
서로의 균형을 알게 한 시소가
그대의 무게로 기울어져 있고
미끄럼틀 끝에서 푸근히 감싸던
그대의 마음 자락이
싸늘한 어둠에 묻혀있다
하늘 닿을 높이로 날았던 그네는
주인 잃은 슬픔에 잠겨
어둠 속에서 삐걱거린다
텅 빈 놀이터엔
오직 이름 모를 나그네의 발자취만
달빛 시린 밤을 채워가고 있었다

손톱

아침에 일어나서
길어진 손톱을 깎기 시작했어
잘려진 손톱이 살아있는 듯
방안 구석구석으로 날아가고
잘려진 손톱을 보면서
문득 이런 생각이 드는 거야
지금 마음에 있는 너도
힘들 때면
비우고 지우고 털어내고 싶었는데
그럴수록 잘려진 손톱마냥
다시 자라나는 널
지켜보고 있어야만 했어
잊는다는 건
어려운 일인가 봐
평생을 자라는 손톱처럼
이미 일부가 되어있는 너
살점이 떨어지면 새살은 돋듯
가슴을 틀어막고
살아왔던 나에게
길어진 손톱을 자르고 또 잘라도
조금씩 다시 길어져 오는 걸 보면서
오직 마음에 뿌리를 두고 있는 너와 같았어
손톱까지 닿아서
매일같이 너는 자라고
길어진 손톱처럼 깎아내야 할 시간이 올 때
그때
잠시만 마음을 떠나지 않겠니

한 송이 장미꽃의 그대가 그립다

달빛이 수놓는 밤
바람이 닦아놓은 길 따라
어둠을 덧칠한 아파트 사이를 걸어서
그대에게 가는 날이면
꽃집에 들려
한 송이 장미꽃을 샀다
한손에 장미꽃 한 송이 들고
그대 집 앞으로 가서
대문 앞에 심어놓고 돌아오는 밤
창가에 켜진 불빛 아래에
잠들 수 없는 장미 꽃 한 송이
시계바늘 속 어둠을 지새우고
달빛은 어깨에 앉아
낯선 바람을 달래어 함께 걷는다
마음에서 시작된 길은
답답하게 늘어져 있고
그대는 창가에 달빛을 흐린 불빛 사이로
가리고
긴 하루가 그대였던 내게
한 송이 장미꽃의 그대가 그립다

그대 있는 곳에 내 마음도 있다

눈 감고 그 안의 세상에 들어가서
흩어졌던 기억을 모아
하나에서 열까지 열어보아도
그 안에 그대가 있다
볼 수 없는 내 안의 세상에
눈 감고 뚜벅뚜벅 걸어가니
편안함이 밟힌다
보고 싶을 때면
어지럽게 들어섰던 세상의 창을 닫고
가만히 앉아 마음 속으로 걸어가서
그대와 얘기를 나누고 싶다
오랜 시간 후에
하루하루 찾게 되는 마음도
떠날 수 없는 그대 있음으로
아침이슬처럼 설레듯 맺혀온다
눈 밖에 펼쳐진 세상과
눈 안에 그려진 세상에
어느 쪽에 그대가 살아도
그대 있는 곳에 내 마음도 있다

전화 속 메아리는 돌아온다

먼 길 오는 전화 한 통
닿을 길 없는 공간을 넘어서
귓가에 속삭이는 그대를 만납니다
소리쳐 낼 수 없는 그리움
한 움큼 꺼내어 전화기에 붙들어 놓고
그대와의 짧은 동화 속 얘기로
그리움에 날개가 돋아나 날아갑니다
몇 분의 통화가
몇 분을 벗어난 그리움의 시작으로
매일같이 달려가고
그대의 이름이 숨 쉬는 곳까지
외쳐보니
며칠이 지난 후 돌아온 메아리에
선명하게 찍힌 그대의 이름을 보고
심장이 떨립니다
그대에게 가는 길은
산 고개 넘어가는 고단한 일이지만
마음이 원하니
그대는 내 안에서 올라야 할 정상입니다

꽃잎이 피다가 바람이 앉았다

꽃잎이 피다가
바람이 앉았다
가늘게 떨리는 꽃잎으로
낯설게 이는 떨림은
과연 누구를 위한 겁니까
같은 하늘을 바라보는 것으로
이 떨림이 오는 것이라면
매일 하늘에 두 눈을 그려놓고
알 수 없지만
그대가 오실 날을 기다립니다
하늘을 담고 있는 꽃잎이
바람에 흔들립니다
그칠 줄을 모르는 떨림의 근원에
그대의 숨소리가 피었다 지고
마음 잃은 마음에
날리는 꽃잎 따라
그대가 흔들립니다
어디에서 이 떨림의 흔적을
찾아야 합니까

나무에 대하여

늦가을로 들어서는 10월의 마지막 주
절정에서 꺾이고 나니
빛바랜 흔적만이 남았다
한 세상 푸르게 살다가 가는 것으로
미련 없이 버리고 가는 초연함은
나무 곁을 지나다가
고개가 절로 숙연해진다
떠나보낼 날을 알았을까
바람 속으로 한 잎이 두 잎이 되고
그러다 어느 순간에 다 떠나보내고 나면
그 쓸쓸함은 어떨까
날이 갈수록 바람의 기세가 거칠다
그럴수록 나무의 떠나보냄이 빨라지고
거리에 그 쓸쓸함만이 뒹굴고 있다
아마도 나무는
겨울의 혹독한 시련을 혼자서 겪을 태세다
한 번의 절정으로 모든 걸 쏟아내고
다시 혼자의 힘으로 긴 겨울의 문을 열려 한다
누구나 혼자이고 싶을 때가 있다
곁을 지키는 벗들이 떠나고 나면
그 모든 쓸쓸함은 혼자의 몫이다
나무에게 수없이 반복되는 떠나보냄이
한번은 겪어내야 할 일이듯이
사랑하다 헤어지고 다시 혼자일 때
나무의 떠나보냄으로 너를 보낸다

내 곁에 있다는 이유로

그대만 찾게 되네요
뚜벅뚜벅 걸어오는
거리의 수많은 발자국 소리 중에
심장 소리와 같은 리듬을 찾아요
혹시나 하는 마음으로
먼저 가서 배웅하는
이 설렘은 어쩔 수 없나 봐요
익숙했던 순간들이
점점 늘어갔던 예전과
낯설음이 점점 늘어가는 요즘
낮이 짧아지고 밤이 길어지면서
그대의 발자국 소리가 그립네요
먼 길을 걸어오고 있는 중이라
아직은 그대의 발자국 소리에
심장의 리듬을 맞출 수가 없나 봐요
걷다가 지쳐서 되돌아가려 한다면
그곳에서 잠시만 기다려 봐요
걸어왔던 거리만큼 외로웠던 순간
함께 채워갈 믿음의 신을 신고 있으니까요
내 곁에 있다는 이유로
외로웠던 날들
밤을 지새우며 어둠 속에 던져버리고
우리 함께 아침을 맞이해요

일상

한 걸음 걷게 되었을 때
뒷걸음질 치는 그림자가 보였고
형체를 알아볼 수 없는
그림자의 주인은 떠난 뒤였다
손목시계의 숫자가 몰래 가는 것도
잊은 지 오래되었고
심장의 리듬이 같아진 지도 몰랐다
코끝에 닿는 느낌으로
익숙했던 향기를 붙들고서
그대가 있었다는 상상을 해본다
가로수의 불빛이 그려놓은 밤이면
까맣게 지워진 그대의 모습이
가로수 불빛에 살아온 그림자로
곁에 와 앉았고
흔들리는 목소리는 허공 속을 헤맸다
손목시계가 한참을 뛰어넘은 사이
달빛은 기울고
가로수 불빛은 일상 속으로
서서히 잠들어 갔다
마음 안에 그대처럼

그거 알아

그거 알아
생각만으로 미소 짓게 하는
발자국 소리로 떨려오는 심장을
가끔씩 심장병을 앓는 것처럼
잠시 멎어있던 심장이
활화산 터지듯 폭발하는 느낌을
시간이 가면
모두가 잊혀진다 하였는데
점점 뚜렷하게 다가오는 설렘을
미련하다 말하여도
오직 한 사람밖에 채울 수 없는 마음이
자리를 옮기지 않으니
어떤 일을 한 거니
내 마음에 너는
아무렇지 않게 살아가며
내 안에 내가 아닌 너만 있으니

미워지게 떠나고 싶은 사람

시선이 머무는 곳에
초점 잃은 언어를 쥐고 있는 사람이
가시처럼 솟은 언어로 찌른다면
피 흘리는 아픔을 안고
미워지게 떠나고 싶은 사람이다

만 가지의 표정을 담은 얼굴에
험난한 골짜기로 드리워진 사람이
낭떠러지의 두려움으로 다가온다면
차라리 두려움을 안고
미워지게 떠나고 싶은 사람이다

나는 누군가에게
미워지게 떠나고 싶은 사람
흩어지는 기억조차도
남김없이 없애고
걸어온 발자취조차도
모두 다 지우고
먼 길을 떠나고 싶은
미워지게 떠나고 싶은 사람이다

꿈이라는 이름으로 너를 부르러 간다

아침에 잠에서 깨어
거울 앞에 선 나를 보니
헝클어진 머리카락에
피곤이 섞여있다
희미한 꿈과
선명한 하나의 꿈이 일어나
하루의 창을 두드리니
마음이 밝았다
물빛으로 얼굴을 물들이고
헝클러진 머리에
몇 번의 빗질로 정돈을 한 후
밤을 채운 꿈으로
하루의 노래를 엮어내어
콧노래로 흥얼댄다
지금은 아주 멀리서
남몰래 만나고 오는 여행이
아침 이별로 눈물겹다
밤 동안 벗어던진 그리움이
낮 동안 차곡차곡 쌓여오다가
하늘을 덮은 그리움으로 타서
까맣게 꺼지고 나면
꿈이라는 이름으로
너를 부르러 간다

동행

홀로 왔던 길에서
이제야 그대의 손을 잡았습니다
한 걸음, 두 걸음 천천히 걸어오는
새하얀 웨딩드레스의 그대가
내 곁에 가까워집니다
심장이 터질 듯 벅찬 감동과
두 눈에 고인 그대의 모습
홀로 왔던 길에서
세상의 중심이 어디인지 몰랐습니다
그러나
이 순간부터 그대가 나의 중심임을 압니다
함께 걸어갈 세월의 숫자가
오늘은 그대 하나로 채워집니다
발맞추어 가야할 길에서
어긋나는 시련과 아픔은
단지 바다에 던져진 작은 돌멩이랍니다
새하얀 웨딩드레스와 사랑의 서약
서로를 향한 믿음과 신뢰 그리고 사랑
그대 옆을 함께 동행할 나의 몫입니다
서로의 생을 다하는 마지막 한걸음조차도
그대와 함께 동행할 친구가 되겠습니다

어느 날 문득

어느 날 문득
길을 가다가 오백 원짜리 동전 한 닢을 발견하고
손을 뻗어 집어보니
그 동전엔 숱한 삶의 흔적들이 묻어있다

어느 날 문득
벤치에 놓여진 꽃무늬 손수건 한 장을 발견하고
그 무늬를 살펴보니
그 손수건엔 숱한 삶의 노래들이 담겨있다

어느 날 문득
재활용 주머니에 담겨진 고장 난 시계 하나를 발견하고
그 바늘을 돌려보니
그 시계바늘엔 잊혀진 사람에 대한 기억이 멈춰있다

어느 날 문득
눈을 감고 있다가 홀로 담겨진 마음 하나를 발견하고
그 마음을 유심히 들여다보니
그 마음엔 무엇과도 바꿀 수 없는 그대가 있다

그대는 나의 거울입니다

그대는 나의 거울입니다
그대의 호수 빛 눈을 바라볼 때면
그 안에 유유히 흘러가는
한 사람이 나이길 바랍니다
잔잔한 물결이 치고
달과 별이 사는 그대의 눈
그 안에 하나의 중심이고 싶은 한사람
칼날 같은 슬픔이 와도
소나기 같은 눈물이 흘러도
그대의 눈에 사는 한 사람이
그대의 함께 있습니다
벤치에 앉아
그대의 눈을 바라보고
그 안에 사는 나를 보고
행복한 미소를 보냅니다
세월이 가도
그대의 눈이 나와 함께 있는
그 순간만은
그대는 나를 비춰주는 거울입니다
서로를 향한 거울입니다

난 지금 너의 향기가 그립다

난 지금 너의 향기가 그립다
바람이 코끝을 스치고 가는 날마다
쿵쿵거리는 강아지마냥
바람 쫓는 마음이 아프고
서글프게 우는 눈물이 힘겹다
하늘 보며 그려본 너의 얼굴에
한 점의 구름이 와
너를 감추고 가는 날이면
언제나처럼 마음을 열어
바람을 맞으며
바람을 타고 오는 너의 향기가 그립다
눈앞에 너를 그리는 것조차
흐릿하게 변했지만
난 지금 너의 향기가
몹시도 그립다

소나기1

두둥실 구름아
다 퍼붓고 가
몇 시간을 퍼부어도
그칠 줄 모르니
한동안 얼마나 무거웠니
사람들의 아픔과 슬픔 때문에
한 점에 머물지 못하고
이점 저점 다니며
눈물 모아서 담아두었다가
장마라고 홍수라고
떠들어내는 날에
거침없이 퍼붓는 구름아
바보같이 참아왔던 미련아
사람들 눈물 거두어 들이느라
정작 네 눈물은 잊었니
몇 시간을 퍼부어도
가벼워지지 않는 모습이
애처롭게 와 닿고
네가 맘껏 울고 있는 날에
사람들은 네 눈물 보며
추억을 떠올린다
두둥실 구름아
그때는 행복했었다
실바람에도 날아가 버리는
그때

소나기2

흘러도 흘러도
쉴 새 없이 나오는 너
닦아도 닦아도
샘 솟듯 나오는 너

지나온 추억은 아름답고
흩어진 시간은 어지럽다

뿜어져 나와서
다시 나를 덮은 너
잊혀진 시간만큼
비처럼 흐르는 너

바람에 식은 열정이
끓어서 나와
맺힌 추억을 되뇌며
어지럽던 그 시절
전부였던 너

땀이 흐르고
나를 덮은 지금도
멎어서 가는 어제의 시간보다
흘러서 가는 오늘이
몹시도 그립다

그대가
그립다

안경 낀 나

눈의 초점이 흐려져
안경점을 찾은 나
수많은 안경테를 둘러보고
그 중의 하나를 선택한 나
눈의 시력을 측정하고
서로 다른 시력이 나온 나
한참을 기다린 후
내 눈에 맞게 나온 안경을 낀 나
안경 낀 눈에 비춰진 세상이
예전과 달라보였던 나
다시 태어나는 꿈을 꾸는
안경 낀 눈으로 너를 찾는 나
곁에 있어도 흐릿하게 보였던
그때의 눈을 버리고 싶은 나
아주 멀리 보이는 풍경 속에
선명하게 너를 그리고 싶은 나
오고 가는 바람에
나의 마음 전해주고 싶은 나
밝게 보이는 눈으로
길이 되어 너에게 닿고 싶은 나
영원히 함께할 수 없어도
오늘은 함께하고 싶은 나
그래서… 그래서…
행복한 나

러닝머신

무작정 달려봅니다
창밖으로 보이는
낯설게 칠해진 풍경 속으로
오늘도 땀으로 범벅이 된 몸이
거친 호흡에 이끌려 갑니다
시간이 가는 만큼
심장이 빠르게 뛰고
그럴수록
달리는 것을 멈출 수가 없습니다
지금에 와서 멈춰 선들
어찌할 수 없는
마음의 소리가 커져만 갑니다
멀게만 느껴지는
그대와 나의 거리가
흘린 땀으로 맺혀
희망의 씨앗이 될 것 같습니다
한참을 그렇게 달린 후에
언제나 제자리였던 나를 보았습니다
시간은 가는데
거리는 늘어만 갑니다
그대와 나를 닮은 러닝머신과
그 위를 달리는 현실
제자리였던 그대가
시간에서 사라져가도
달리는 것을 멈출 수가 없습니다
멈추는 순간이
그대의 기억을 멈추게 할 것 같은
오늘
러닝머신에서 달리기를 합니다

비가 옵니다

비가 옵니다
기다림에 애가 타서
먼 길을 쏜살같이 달려옵니다
아침이 그렇게 젖어갑니다

비가 옵니다
땅을 치며 잠든 하루를 깨우고
그대의 숨소리가 들리는 곳으로
유유히 흘러갑니다

비가 옵니다
하늘을 내려온 비가
그대를 만난 설렘에
그대의 곁에서 춤을 춥니다

비가 옵니다
가슴 움켜진 손으로
눈물을 훔쳐야 했던 지난 시간이
이젠 그대의 눈물을 흘려보냅니다

비가 옵니다
오랜 세월이 지난 후에도
그대가 사는 낙원에
환희와 축복을 위한 비가 옵니다

여름이 뜨겁다

한 꺼풀씩 벗겨내면
점점 매운 향기가 더해지는 양파처럼
한낮의 여름 열기가
시간이 더해질수록 뜨거워진다
밤이 되어서도
한낮의 열기가 고스란히 남아서
몸이 뜨겁다
마음이 뜨겁다

나뭇가지를 흔드는
바람의 존재가 느껴지고
나뭇가지를 떠난 바람이
옷깃에 붙어 쉬어가는 짧은 순간이
나에겐 행복이다
너를 찾는 시간이다

이렇게 여름이 와서
싸늘한 마음으로 잊혀질 거라
믿은 마음에
어느덧 그대가 뜨겁다
마음이 한 꺼풀 벗겨지면
그리움이 짙어지고
시원한 바람이 마음을 흔드는
그대의 생각으로
여름이 뜨겁다

넌

넌
왜
내 삶을 송두리째
흔드니

넌
왜
내 삶을 송두리째
가두니

넌
왜
내 삶을 송두리째
채우니

넌
왜
내 삶을 송두리째
가졌니

그런데
마음은
왜
이렇게
허전할까

그대만을 사랑합니다

밤하늘에 뜬 수많은 별 중에서
희미한 빛을 발하는 작은 별 하나에
조심스레 그대 이름 새겨 놓고
몰래 혼자서 긴 시간을 보냈습니다
바라보는 것만으로
빛이 밝아오는 것을 느낄 때면
또다시 밤은 아침을 향해 기울고 있었습니다
숱한 밤을 그렇게 보내고
다시 아침이 오는 쓸쓸함을 맞이할 때면
아침은 밤 새워 그대를 향해 쏟아낸 그리움을
하나 둘 털어내고 일상으로 내밉니다
아침은
더 밝은 빛으로 그대의 이름이 새겨진 별을 덮었습니다
언제나 같은 곳에서 그 별을 바라보는 마음이
밤을 지켰던 그리움으로 닿고 싶었습니다
현실은
그대와의 거리가 너무 멀다고
닿을 수 없을 만큼 떨어져 있다고 합니다
그러나 나는 압니다
멀리서만 바라보는 별에게 준 그대의 이름처럼
이제는 그 별을 옮겨 놓고 싶은 마음을
밤하늘에 뜬 그대의 이름이 새겨진 별을
마음에 옮겨 놓고 바라보고 싶은 마음을
그대만을…
별이 사라진 아침에도
언제나 바라보며 사랑하고 싶은 마음을…
그대만을…
사랑합니다라고
나의 별에게 말하고 싶습니다

너를 만나러 간다

너를 만나러 간다
너를 만나러 가는 길에
비가 오고
젖은 도로가 흐른다
흐르는 도로를 보면서
마음이 탄다
젖은 도로를 채운 빗물이
흘러가는 곳마다
마음이 탄다
비가 오는 날을 기다려서
너를 만나러 가는데
마음이 탄다
더 쏟아낼 기억도 없고
더 쏟아낼 추억도 없고
더 쏟아낼 흔적도 없다
비가 오고
도로가 젖어서
마음은 더 깊이 탄다
너를 만나는 길이
슬픔이 흘러서 가고
마음이 탄다
깊이 더 깊이에서
탄다
너를 만나려 가는 길에
비가 오고
도로가 젖고
마음이 탄다

그런 이유였니

그런 이유였니
그대가 찾는 그 행복이라는 것
내가 줄 수도 없는
미워지게 만드는 그런 거였니
사실은 나도
오랜 시간을 기다리며
그대가 찾는 행복이 무엇일까
수천 번을 쓰린 가슴 움켜쥐며
별 하나씩 밤하늘에 그려 놓곤 했어
세월이 지나고
그대가 있었다는 사실조차
마음이 지워갈 때쯤
그때 비로소 알 수 있을까
그대가 그토록 원하던 행복이
지금에는 비춰 보일 수 없는
그런 이유였다고
오늘은 하늘에서 비가 내리고
거리에 흐르는 빗줄기가
다시 거슬러서
마음으로 흘러드는 것 같아
얼마나 많은 날을
흘리고 흘려야
그대가 빠져나갈까
행복이라는 게
그대를 위해
웃을 수 있는 미소 속에서
드러내 보일 수 없는 존재였다면

그런 이유였다면
이 비가 그치기 전에
그대라는 나만의 행복도
마음속에 빗물이 되어
다 흘러갔으면
그대가 찾는 행복이
나로 인해 슬픔으로 잠겨들지 않는
한 번의 소원으로
비와 함께
흘러가는 하루 동안만
그대가
모든 행복의 근원에서 슬픔이 되어가는
오늘만이라도
비에 젖고 싶다

그대여

그대여
입가에 핀 한 송이 미소를
나에게 주오
꽃을 피워낸 세상의 아름다움도
내 눈 가득 채워지고 있는
그대가 피워낸 한 송이 미소에
나는 그만 빠져버렸다

그대여
쓸쓸히 거닐고 있는 손을
나에게 주오
손바닥에 새겨진 손금마다
사랑이란 길을 걷고 있는
동반자가 그대였다고
두 손 맞잡으며 새겨놓겠다

가끔은

가끔은 생각이 난다
그 사람이
곁을 지나는 바람으로
전해들은 얘기들
어디에 살고 있을까
푸른 파도 소리 들리는
바닷가의 외딴 집에 홀로
외로운 바람을 안고 있을까
녹음이 짙은 6월엔
땡볕 추억을 만들었던
그 사람이 생각이 난다

가끔은 그립다
거리에 찍혀진 발자국마다
그 사람이 새겨놓은 것처럼
지워지지 않는 흔적이
때론 사무치게 그리워
하루의 긴 시간이
훌쩍 지나가 버리는 날
그 사람이 남겨 놓은
시간을 되돌리며
남긴 기억이 그립다

가끔은 보고 싶다
6월의 열기에 녹아내리는 마음이
거리에 채워지는
다정한 웃음소리로 만날 때
그 사람과 거닐던 시간이
한참을 서성이게 했던
낯선 거리에서
생각을 잡고 있는 하루 동안
갔다가 거세게 밀려드는 파도처럼
한없이
그 사람이 보고 싶다

장마

장마가 시작되었다
짙은 구름 속 물줄기가
넘쳐서 쏟아져 나온다
응어리진 이 슬픔이 차서
더 이상 둘 곳 없는 마음에도
장마가 왔다
그대를 만나서
기쁨과 행복을 배웠고
이젠 다시 슬픔을 배워가는 중이다
그 슬픔의 중심에 선 그대여

장마가 시작되었다
우산 속에선 비가 내리고
세상 사람들이 우산 속에서 비를 맞는다
슬픔이 깊어서
하늘은 모든 걸 퍼붓고
우산 속에서 나는
슬픔을 퍼붓는다

장마가 시작되었다
가슴 울림이 천둥이 되고
충혈 된 눈은 번개가 되어
그대가 남긴 모든 걸 쏟아낸다
이 장마가 얼마동안 지속될지는
지금에야 모르지만
한참을 퍼붓고 나면
구름이 깃털처럼 날리고
맑게 갠 하늘이
드리울 때
그때 나도
웃을 수 있을 게다

아무 말도 묻지 마라

아무 말도 묻지 마라
그대가 어디에 있냐고
구름에 물이 고여
비가 오듯
그대가 마음에 고여
눈물이 온다

아무 말도 묻지 마라
가끔은 홀로 있다는 것조차
기쁠 때가 있다
그대가 그립다는 말이
마음 깊이를 만드는
홀로 있는 시간이다

아무 말도 묻지 마라
바람이 왜 부냐고
거리를 떠도는 바람이라도
그대가 오는 길이라며
쉼 없이 오고 가며
떨리는 설레임을 부둥켜안고 있다

아무 말도 묻지 마라
허락되지 않는 현실에
그대가 있다는 걸
그대를 사랑한다는 말이
현실에서 멀어져가도
그대는 마음 가까이로 오고 있다

꽃

그대와 걸었던 길을 가는데
그대가 곁에 있는 듯한 미소로
다가오는 꽃이여
추억을 머금고 피어났니
흔들리는 몸짓으로
마음이 떨리고
바라보는 것만으로
눈물이 흐른다
시간이 약이라며
잊어야 하는 시련이 왔을 때
말없이 지켜선 꽃이여
그 시절 사랑이 떠난 후
묵묵히 지켜보다 끝끝내 버티지 못하고
꽃잎을 떨구던 모습이
애처롭고 마음이 아팠다
지금에야
다시 피어나서
추억을 선명하게 그려 보이는 꽃이여
그대가 곁에 없는
쓸쓸함이 묻어나는 길을 가는데
추억은 살아서 꽃으로
향기를 담아서 피어났구나

그대라서 행복합니다

산 고개 넘어가는 태양이
뿌려놓고 간 노을이
하루 동안 물든 나의 마음이라서
그대라서 행복합니다

잔잔한 호수의 표면 위로
던져진 그대의 마음이
호수 끝까지 번져오는 일 또한
그대라서 행복합니다

음악에 맞춰서 춤추는
분수의 화려한 물줄기가
터질 듯 감춰둔 내 마음 같아서
그대라서 행복합니다

나무의 앙상한 가지마다
초록의 잎들이 돋아나는 일이
내 마음에 그대가 살아가는 일이라서
그대라서 행복합니다

사랑하겠다

사랑하겠다
간밤에 달빛과 별빛을 머금고
새벽을 여는
이슬과 같이

사랑하겠다
장미꽃이 피워내는 꽃잎보다
더 진한 열정으로
내 마음 물들이며

사랑하겠다
강물이 굽이굽이 흘러
편히 쉴 수 있는 바다의 품처럼
그대의 마음이 출렁거리는 바다와 같이

사랑하겠다
비를 내리는 구름 위에
태양의 밝음이 사라져가도
내 마음의 빛으로

사랑하겠다
오로지
그대가 함께하는 이 시간이
멎어버리는 그 순간에도
그대에게 가는 오늘만큼은

사랑하겠다
심장이
멈춰서 그대를 지우는 그날에도
다시 태어나는 희망을 꿈꾸며
영… 원… 히

너란 이유로

지치고 힘들다
걸음이 멈췄다
어깨가 무겁다

그리고

하늘에 구름이 덮혔다
입가에 미소가 굳었다
눈에는 빛을 잃었다

그러나

심장은 여전히 뛴다
심장은 여전히 뜨겁다
심장은 여전히 웃는다

그래서

오늘을 산다
오늘을 웃는다
오늘을 밝힌다

오늘이 나에게 와서
오늘이 나에게 웃고
오늘이 나에게 사는 이유를 묻는다면

흩어지는 바람처럼
갈 곳 잃은 마음처럼
어지럽게 흔들거려도
내 곁에 있는 '너' 란 이유로
오늘도 내가 산다고
이렇게 웃으며 산다고

이 세상에 나와

이 세상에 나와
서로에게 빛이 되는 일
옅은 설렘이 서로를 향한 마음이 되어
끊임없이 뛰는 심장이 되고
사랑을 피워가는
붉은 장미꽃 한 송이 가꾸어 가는 일처럼
주어도 주고 싶은 배려가 될 때
나 그대를 사랑하겠다

이 세상에 나와
서로에게 한 조각이 되는 일
어긋나기만 한 마음도
맞춰가는 시련의 과정이 되고
쉼 없이 뛰는 심장이
하나 둘 서로를 찾아가는 조각 맞춤이라면
오늘도 그대 사랑하는 일
게을리 할 수 없는 떨림이었다

이 세상에 나와
서로에게 하나가 되는 일
그대 없는 삶이란
멎어버린 심장에 삶을 버려두는
심상이 뛰는 일조차 쉬게 하는 일
지금껏 걸어와서
오늘도 함께 걷는
나 그대를 사랑하겠다

일교차

바람이 불어와서
바람이 가는 날에
난 항상 떨림을 맞이해야 했다
그대가 없다는 생각도 잊은 채
그렇게 매일 그대가 사는 것처럼
떨림을 느껴야 했다
낮 동안은 몰랐다
봄볕이 익어서 떨림조차 없을 것 같은데
어김없이 찾아든 바람에
온 몸이 떨림으로 가득하다
그대가 없다는 생각은 잊은 채
매일같이 맞이하는 밤이
떨림으로 기우는 달과 같다
언제나 내 마음을 밝히고
이 밤이 다 가도록 기우는 그대가
떨림으로 채우는 날이면
그날에
바람도 나와 함께 떨림으로 왔다
그대 없이 사는 것은 단지
세월에 녹아드는 몸이다
그대 없이 사는 것은 단지
세월에 떨림을 더하는
마음이다
그대가 떨림으로 온다
오늘같이 낮과 밤의 기온이 커지면
난 그대 없다는 생각도 잊은 채
떨림을 맞이해야 했다

만우절

모른 척하며
아무렇지 않은 듯
심장이 뛰는 수만큼
너에게 말하고 싶은데
언제나 제자리였던 나
내 마음은 거짓말쟁이

그대를 눈앞에 두고
심장이 뛰는 소리도
감추려고 하는
어쩌다 마주한 시선도
서로를 비껴가고
마음을 가까이 두고
서로에게 다가가지 못하는
내 마음은 거짓말쟁이

마음이 말하는데
마음이 가려하는데
더 숨기려고 하는
내 마음은 거짓말쟁이
만우절 날
내 마음은
'나 그대를 사랑한다' 고 말한다
만우절 날
내 마음은
'나 그대를 사랑한다' 고 말한다

바람 부는 그날에

바람 부는 날이면
난 그대가 그립다
스쳐가는 바람에도
그대의 눈빛이 날리는 것 같아
오늘처럼
바람 부는 날이면
난 그대가 그립다
소리 없이 오는 바람도
소리 없이 가는 오늘도
그대가 남긴 그리움이
바람이 가져갈 것 같은
빼앗길 것 같은
그리움이
바람 부는 날이면
난 그대가 그립다

노을 닮다

그대가 그리울 때면
공원 벤치에 나와
서녘하늘을 바라본다

태양이 뉘엿뉘엿 지고 간 자리에
낮과 어둠의 경계에
조금씩 타들어가는 하늘이
그리움의 빛깔로
펼쳐지고

처음 본 그날
설렘을 감추려 했지만
마음은
어쩔 수 없는 노을이었다

수많은 말들은 다 타버리고
굳어버린 심장엔
북소리만 울렸다

마음도
보여줄 수 있다면
서녘하늘처럼
드러낼 수 있다면

밀려드는 어둠으로 노을은 지고
이름 없는 별들은 나와 춤을 추겠지만
마음은
서녘하늘을 닮아있다

해바라기

해가 뜨고 지는 그 사이에 놓여진 다리가 하나 있습니다
바라보는 것만으로도 가슴이 터질듯 한 그대
라디오에서 들리는 노래와 심장의 두근거림이 같아지는 날이면
기약 없이 이어져 오는 이 설렘이 다리에서 마냥 그대를
기다립니다

해맑던 그대의 입가에 지워지는 물결 소리
바보가 되어버린 이 마음이 아파서
라면에 스프가 빠진 맹맹함으로 하루가 갑니다
기차타고 떠나던 날 그대 마음은 보낼 수가 없었습니다

여기까지만

여기까지만
다가갈게요
더 이상 가버리면
되돌아올 수 없는 마음이
울 것만 같아서 겁이 나요
스치기만 한 그대의 숨소리가
이렇게 마음에 머문 채
떠나질 않아요

여기까지만
그래요 여기까지만 갈게요
오늘이 가고 마음이 가면
다다를 것 같은 이 설렘이
이내 사라질 것 같은 두려움으로
겁쟁이가 되어
이렇게 머뭇거리고 있어요
흩어지는 기억보다
한 점이 되어 있는 마음이
머문 바람에 담겨져
살아가고 있네요

여기까지만
그대가 있는 그 곳은 아니지만
그대 숨소리 있는
여기까지만
그래서 마음은
그대 숨소리를 품고 있나 봐요
여기까지만
그대가 있는 마음
닿을 수 있는
여기까지만 갈게요

네가 걷는 길에서

네가 걷는 길에서
너를 만날 수 있니
언제일지 모를지라도
한 번의 기다림으로
만남을 기약해야 한다면
엇갈린 길에서
세월의 싹을 틔워도
언제일지 모를 너를
이 길에서 볼 수 있다면
한없는 기다림은 결코
영원할 수 없다

네가 걷는 길에서
너를 만날 수 있니
가끔은 바람이 부는 것조차
설렐 때가 있어
끝날 것 같던 기다림이
이어져 오고 있는 것도
결국
너를 만날 긴 시간의 약속이 되어가니
난 행복하다

네가 걷는 길에서
너를 만날 수 있니
너를…
이 길에서
한 번은 만날 수 있니
너를…
네가 걷는 길에서

그대가 그립다

하루를 돌아서
멀어져 갔던 그대를 찾아가
시간의 때늦은 모습으로 불러보고
하루를 닫는 산자락 끝에선
낯설게 들리는 그대를 외친다
목청껏 불러보고 또 불러보아도
되돌아오는 메아리에
헛된 기다림의 속삭임
또다시 마음에 자리한 그대는 왜일까
찾으려고 하면
들으려고 하면
어디에 있는 걸까
문득 문득 찾아와서
심장소리에 묻혀 뛰는 그대를
외치고 외쳐도
난 볼 수도 들을 수 없다는 걸
산으로 가는 그대를
산으로 가서 불러보면
돌아오는 메아리엔
헛된 기다림의 속삭임
어디로 가야할까
매일같이 왔던 그대가
오늘은 어디에 있는 걸까
심장소리가 뛰는 날엔
그대가 그립다

너와 내가 함께 있다가

너와 내가
함께 있다가
홀로 살아가는 날은
세상의 빛을 감추고 가는 날이다

너와 내가
함께 있다가
눈물을 흘리게 되는 날은
바다가 땅을 들어내는 날이다

너와 내가
함께 있다가
기억 속에서 잊혀지는 날은
자신조차 기억할 수 없는 날이다

너와 내가
함께 있다가
행복할 수 없는 날은
너를 몰랐던 시계의 바늘이 시작되는 날이다

무지개다리

서로의 눈빛이 흔들릴 때
같은 곳을 향한 서로의 시선이
잠시 잃어버린 초점을 사이에 두고 있을 때
가도 가도 닿을 수 없는
엇갈린 길에서
피맺힌 울음을 쏟아냈던 그림 속 나는
웃고 있었다
가도 가도 닿을 수 없는
엇갈린 길이란
혼자만의 길이었던 것을 알았을 때
울음 속에 피어난 무지개다리가 보였고
무지개다리를 걸어오는
그대의 모습이
나를 담았던 울음을 닦고 올 때
비 갠 하늘을 타고 내려온 무지개다리가
그대가 걸어올 길이 되었다
비가 오는 날이
가끔씩 설레듯 다가오는 것도
비의 그침이 놓아 줄
무지개다리와 그 위를 걸어올
그대의 생각이 떨어지는 빗줄기 사이로
한없이 젖어든다
다시 태어나서 한 사람을 사랑하게 된다면
그 순간에도 나는 그대를 찾겠다
무지개다리를 걸어올 사람은
내 곁에 있는 그대이기에

우리 몰랐던 시절로

낯선 사람처럼
다가와요
어깨를 스쳐 지나가도
향기가 머뭇머뭇 거려도
그대를 몰랐던 시절
그때처럼
아무런 기억도 없이
새로이 핀 꽃이
꽃잎 가득 물들이는 향기처럼
설레는 마음으로 다가서서
수줍은 미소 지으며
귓가를 흔드는 말
그대를 사랑해요
그대를 사랑해요
말할 수 있는
우리 몰랐던 시절로
다시 꽃처럼 피어
서로를 닮아가요

너는 누구니

너는 누구니
말도 없이 와서
허락 없이 앉아 있는

너는 누구니
말을 해도 들을 수 없는
혼자처럼 느껴지게 하는

너는 누구니
가슴에 새겨 놓은 손을
잡을 수도 없게 하는

너는 누구니
송두리째 마음을 가져서
작은 틈새조차 허락지 않는

너는 누구니
어찌할 수 없이 뛰게 하는
심장에 너를 맞춰가게 하는

너는 누구니
이름을 불러도
이름만 메아리처럼 울리는

너는 누구니
너는

너

너!
끊임없이 외쳐도
메아리는 오지 않는다

너!
끊임없이 들어도
너의 음성은 들리지 않는다

너!
끊임없이 찾아도
내 앞에는 보이지 않는다

너!
그런 너를
외쳐도 들어도 찾아도
없는 너를
나는 기다린다

요지부동

하늘에
구름이 가는 길을 잊은 듯이
그대로 멈춰서 버렸다

마음에
그대가 가는 길을 잊은 듯이
그대로 멈춰서 버렸다

함께 있다는 것

한 발자국 떨어져 그대가 걷고 있다고
마음이 떨어져가고 있는 건가요
손 잡아줄 수 없는 곳에 그대가 있다고
서로의 손을 잡을 날도 없는 건가요
두 눈에서 숨바꼭질하듯 숨어버린다고
그대를 찾을 수도 없는 건가요
아직도 귓가에 그대 웃음소리 흘러들고
여전히 마음은 처음처럼 뛰고 있는데
오직 그대가 곁에 없다고
마음도 없는 건가요
그럴 수 없다는 건
그대가 알잖아요
시간이 깨우쳐 준 그대라는 이름
지울 수 없는 하나의 마음이 되어
숨소리에 숨어 살아요
그대와 함께 있다는 것
없어도 그대가 없어도
마음이 알아요
함께 있다는 것

봄이어서

봄이어서 오는 많은 것들
담벼락을 타고 오르는 담쟁이덩굴이 푸른 집을 이뤄가고
목련꽃이 봄바람에 날렸고
벚꽃이 진 자리마다
바람에도 찢겨질 듯 여린 잎이 나왔다
갖가지 나무엔 오랜 기다림의 흔적을 깨고
나온 잎들이 봄볕에 초록을 틔워간다
봄이어서 오는 많은 것들
흔들리며 사는 게 삶이라지만
봄마저 흔들리면
이와 같은 벗들을 볼 수 있을까
봄이 여는 문을 통해
하나, 둘 키워가는 꽃들과 나무의 생명력을 보며
지난겨울
바람에 꽁꽁 얼었던 마음을 둔 채
매일같이 흔들리는 삶을 잠시만 놓아두고
봄이어서 오는 벗들을 누리고 싶다
아침이면 바람으로 흘러드는 빛에
눈동자도 씻고 마음도 씻고 싶다
아직도 누군가를 향해
돋아나는 걸 두려워하는 마음
봄이어서 오는 많은 것들 중
한 사람을 위한 마음으로 돋아나고 싶다

2부
이런 사람이 되게 하소서

줄넘기를 돌린다

줄넘기를 돌린다
줄넘기 안에 나를 두고
바람의 벽을 부수고
돌아오는 줄넘기를 맞이하는 나는
땅을 밀며 하늘로 뛰어오른다

줄넘기를 돌린다
춤을 추는 머리카락과
날갯짓하는 양팔에
줄넘기 하나 들고
하늘 닿는 높이로 뛰어오른다

하늘은 저만치 구름 몇 조각 흘려보내고
바람은 학교 담벼락에 붙어 쉬어간다

오후 햇살은
얼굴에 앉아 송글송글 땀으로 맺혀
익어가고
손에 쥔 줄넘기는
연신 씩씩거리며 돌아간다

줄넘기를 돌린다
줄넘기 안에
하늘을 그려 넣고
하늘 닿는 꿈을 담아 뛰어오른다

줄넘기를 돌린다
그 안에 나를 두고
세상의 중심에서
하늘빛 물들어가는
꿈을 돌린다

행복한 하루 보내

행운을 위한 행복이 아니라
일상에서 느껴지는 행복이길…

복잡한 일상에서 불어오는
상쾌한 바람의 웃음 같은 하루이길…

한해 열두 달, 달력 숫자마다
삶의 행복을 만끽할 수 있는 하루이길…

하루만큼은 이 시간의 주인이 되어
누릴 수 있는 행복 다 가져가길…

루비의 빛보다도
아름답게 피어나는 미소로 하루를 맞이하길…

보면 볼수록 마음을 밝혀주는
자신만의 빛을 뿜어낼 수 있는 하루이길…

내가 만드는 하루가 이와 같기를
그래서 더없이 행복한 하루이길…

허들을 넘어

출발선에 나는 섰다
한 번의 호흡으로 작아진 자신감을 세우고
내 몸을 누르는 중력의 한계를 넘어
한순간 나는 지상으로 날아올랐다
1초의 시간도
지면을 떠나서는 옮길 수 없다는
무게를 안고 달리는 현실
결승선에서 달려온 맞바람만이
설레듯 가슴을 흔든다
달려와서 보니 현실을 막고 있는
내 앞에 놓여진 1m도 채 되지 않는
장애물 앞에서 시름시름 기어가는
작은 마음이 엎드려있다
가끔은
넘어섰다고 생각하는 순간
다시 맞닥뜨리는 더 높은 현실 앞에
주저앉고 싶은 유혹과 나약해진 마음
그 곁을 지키고 있는 가을나무에
햇살이 쏟아져 내린다
달려서 다시 뛰고
뛰어서 다시 달리고
내 앞에 선 현실이라는 벽을 넘어가듯
허들을 넘어 내일을 달린다

다시 가자

비틀거리는 길에서
흔들거리는 발걸음을 옮겨 놓고
다시 춤을 추듯 가자
행복은
마음을 벗어나지 않은 채
숨죽여 있다
내안을 채워가는 시간의 그림자가
지워져서 사라질 때까지
어디든 가야 한다
가는 길에 만나는
낯선 마음이 손짓하며 와도
아직은 반길 수 없는 나의 길에서
뚜렷하지 않는 내일이
행복으로 오는 그날까지
가면서 흘리는 눈물이
앞을 볼 수 없게 해도
쓰윽 닦아내고
바람이 함께 걷는 날마다
내 안에 있는 웃음이
맘껏 피어날 수 있다면

생각을 버린 나

가을로 물든 노란 국화가 시들어 가듯
노란 생각이 시든다
돌이킬 수 없는 헛된 바람도
일으킬 수 없는 공허한 마음도
굳어버렸다
한때를 생각하면
지금보다 더 많은 희망을 품었다
길섶에 피어있는 꽃을 보며
생각을 피웠고
쏟아지는 햇살을 맞으며
희망을 그렸다
그토록 간절했던 순간들이
하루를 건너오면서 시들어 버렸고
오늘에 와서는
생각 없는 생각을 하는
그저 한탄만 하는
생각을 버린 내가 되었다
생각할 수 없는 생각들로
마음이 번잡할 때
머리보다 먼저 마음이 앞서가고
때늦은 허탈감은
생각을 버린 나일뿐이었다
버리지 말아야 할 일이라며
수만 번을 되뇌던 말
생각을 버리고 나니
온전히 무너지는
생각 없이 생각만 하는
헛된 자신만 보였다

그래 가끔은 하늘을 보자

그래 가끔 하늘을 보자
1초의 앞도 두렵다
시계바늘이 도는 것도
태양이 지는 것도
달이 차서 기우는 것도
보이지 않는 길에 서 있는
지금이 두렵다
그럴수록
고개를 들어 하늘을 보자
마음을 덮고 있는 두려움이
답답함으로 막막해져 와도
잠시 멈춰 서서 하늘을 보자
하늘이 주는 희망을 담자
푸른 하늘 푸른빛을 안고 오는 바람이
부는 날이면
가슴을 펴고
하늘빛 바람으로 오는 희망을 안자
1초의 앞도 두렵다
그럴수록
그래 가끔은 하늘을 보자

… 있다면

노을이 걸린 하늘을 보며
바람과 함께 걸어본 적이 있다면
까만 하늘에 별을 붙이고
그 안에 소망을 담아본 적이 있다면
길을 걷고 있는 동안
길을 잃은 것 같은 느낌이 든 적이 있다면
눈 밖으로 채워지고
눈 안으로 비워지는 허전함을 느껴본 적이 있다면
내 안에 무엇이 없어서일까
한번쯤 생각해 볼 일이다
'있다면' 이라는 말로
위로하며 살아왔던 시절은
시간을 보낸 뒤에
느껴지는 공허함이었다
비웠던 마음으로
햇살이 비춘다
'있다면' 이라는 말이
'있다' 라는 말로 물드는 계절이다

바람에 피는 꽃 한 송이

어디서나 바람이 분다
어제도 그리고 오늘도
아마 내일도 바람은 분다
어떤 사람은
바람을 맞으며 비틀거릴 테고
어떤 사람은
바람을 맞으며 땀을 식힐 테고
어떤 사람은
바람을 맞으며 눈물을 보낼 테고
나란 사람은
바람을 맞으며 꽃 한 송이 피웠다
그렇게 꽃은 피었다
황무지에 바람이 불어와
하나의 꽃씨를 날리고
그 황무지 안에 싹을 틔운 꽃씨가
어엿한 꽃으로 피었다
바람이 불고
피어난 꽃이 흔들거린다
황무지에서 피워냈던
화려한 열정도
끝끝내 다 버리는 아픔으로
꽃잎이 진다
바람에 피는 꽃 한 송이가
바람으로 와서
바람으로 진다

오늘

오늘은 가는 게 아니라
오늘은 쌓여가는 것이다
그래야
추억이라 부를 수 있을 테니까
오늘이 가면
내일이 온다고 말한다
그러나
내일은 언제나 내일이다
살면서 한번을 맞닥뜨리지 못한 채
살아가는 게 내일이다
오늘은 가는 게 아니라
오늘은 쌓여가는 것이다
그래서
모든 게 오늘 만들어진다
바로 오늘이다

모릅니다

모릅니다
무엇을 알려고 이렇게 발버둥 치는지
자꾸만 흔들고 가는 단어들이
마음에 송곳 되어 찌릅니다

모릅니다
어디를 서둘러 가라고 재촉하는지
걸음의 흔적이 남아있는 거리도
낯설게 파고드는 외로움뿐입니다

모릅니다
어떻게 하는 것이 옳은 방법인지
주위의 시선이 정해준 한 점도
내 눈으로 볼 수 없는 아득함이 느껴집니다

모릅니다
어떤 것을 선택하는 것이 나를 위한 것인지
정상을 향한 여러 갈래의 길이 있어도
지금 한 길을 선택하는 것이 두렵기만 합니다

돌부리

내 앞에 곧은 선 하나 긋고
그 선을 밟고
무작정 달려온 후
돌부리에 걸려 넘어지고
그때서야 뒤를 돌아보았습니다
뒤돌아서 밟아온 길을
서서히 되짚어가니
지금 나에게 남은 것이 없었습니다
처음 길을 나섰을 때엔
생각은 컸으며
마음은 뜨거웠습니다
변하지 않을 것 같은 모든 게
물부리가 갈 길을 붙잡고 있는 지금에야
다시 돌아갈 이유를 찾습니다
누구를 위해
여기까지 왔는지
무엇을 위해
달려야 했는지
처음으로 되짚어가다 보니
지나온 길이 보입니다.
주위의 외로운 풍경이
스쳐서 가고
한결같은 마음이 있는 출발선이
결승선이 되어 있는 지금
달려야 할 이유가 생겼습니다

돋보기

예전에 샀던 돋보기가 하나 있다
햇살 드는 창가에 앉아
종이를 태우다
스쳐지나가는 생각들

제아무리 뛰어난 돋보기를 가지고 있어도
초점이 흩어져 있으면
불은 붙지 않는다
제아무리 뛰어난 능력을 가지고 있어도
마음이 흩어져 있으면
열정은 붙지 않는다
한 사람이 가진 수많은 능력 중에
의미 있는 하나의 초점에
열정을 쏟아 붓고
뜨겁게 타오를 수 있다면

언제부턴가
몸과 마음이 게을러졌다
흩어진 초점으로 마음이 어지럽다
초점을 모을 때다
하나의 초점으로
꺼져가는 열정을 피운다
후회와 결심 사이에
시간도 지쳤다
게으름을 태워서
열정을 피워낼
하나의 초점이 필요할 때다
흩어진 빛이
한 점에 모여 종이를 태우는 돋보기처럼
흩어진 마음이
한 점에 모여 열정으로 태우는 꿈을 갖자

아름다워지는 일

아름다워지는 일이란
남들이 가지 않는 길을 가고
남들이 오지 않는 길을 열듯
뜻대로 이루어지는 않는 마음처럼
길을 찾아서 가는 일이다
마음을 쏟아 붓고
마음을 내어줄 때
1할의 만족이 오고
1할의 행복이 온다
산 새 한마리가
도심으로 날아와
길을 잃었다
익숙한 산을 떠난 후
회색빌딩 사이의 삭막함에 묻혀
쓰러지고 말았다
멈칫하는 날갯짓을 가다듬고
다시 날갯짓을 하려하는 새는
다른 새들과는 다른 날갯짓을 택한다
산이 아닌 도심의 빌딩숲을 헤쳐
자신의 길을 열고
아름다운 날갯짓을 한다
아름다워지는 일 또한
마음에 작은 새 한마리가
멈칫하는 날개를 펴고
있는 힘껏 날갯짓하는 일이다
자신의 길을 찾아서 가는 일이다

이런 사람이 되게 하소서

이런 사람이 되게 하소서
비틀거리는 바람에 몸을 내맡겨도
결코 쓰러지지 않는 의지와 용기로
새롭게 태어나는 것을 두렵지 않게 하소서

이런 사람이 되게 하소서
거짓이라 말하는 현실에 살아도
나를 믿는 단 사람의 사랑으로
살아있음을 가치 있게 여기게 하소서

이런 사람이 되게 하소서
나를 보여준 거울의 모습 앞에
부끄러운 자신의 모습이 드러나도
감추거나 미워하지 않는 나를 찾게 하소서

이런 사람이 되게 하소서
눈가에 맺힌 눈물이 아픔이 되어도
미움과 증오를 사랑으로 맺게 하는
아름다운 마음을 갖게 하소서

이런 사람이 되게 하소서
보이지 않는다 하여
거짓이라고 말하는 자신이 보일 때
낡은 믿음을 버리는 새사람이 되게 하소서

부디
이런 사람이 되게 하소서

가끔씩

가끔씩
창가에 기댄 채 생각에 잠길 때
한줄기 바람으로 행복이 느껴질 때가 있다

가끔씩
나무 그늘에 앉아 쉬고 있을 때
작은 새의 노래로 행복이 느껴질 때가 있다

가끔씩
거리를 터벅터벅 걷고 있을 때
오랜 친구를 우연히 만나 행복이 느껴질 때가 있다

가끔씩
손에 쥔 전화기가 울릴 때
그리운 이름으로 행복이 느껴질 때가 있다

가끔씩
우리는 뜻하지 않는 일로
행복을 채워간다

오늘이
그런 날이길…

웃음 골짜기

얼굴에 생긴 웃음 골짜기마다
행복이 흘러나온다
넘치고 넘쳐서
온 몸을 덮고
넘치고 넘쳐서
하루를 덮고
나에게 오는 모든 것들이
웃음으로
끼득끼득

얼굴에 생긴 웃음 골짜기마다
행복이 흘러나온다
웃음 골짜기에 사는 사람들은
행복을 낚는다
마른 골짜기를 안고
웃음 잃은 사람들을 위해
웃음을 건넨다

얼굴에 생긴 웃음 골짜기마다
행복이 흘러나온다
어느 날 문득 찾아와서
행복을 안고 가는 웃음 골짜기엔
마르지 않는 행복이 있고
마르지 않는 사람이 있다
시간이 가면서
얕아지는 웃음 골짜기엔
여전히 행복을 낚는
한 사람이 있다

상처

상처를 주는 것은
상처를 받는 것이다
높은 산에 올라 외쳐보니
메아리가 온다
아픔을 주는 것은
아픔을 받는 것이다
삶은 메아리다
무엇을 외치느냐에 따라
되돌아오는 메아리가
오늘도 왔다
자신의 상처를 치유하기 위해
상처를 주는 일조차
잊고서
오로지 받은 상처만을
목청껏 외친다
슬프다
상처를 주는 자신은
잊고
상처를 풀어내어 외치니
상처만 쌓여간다
느끼지 못하고
맹목적인 믿음 안에
진실을 가두고
허튼 몸짓을 흔들어대며
자신의 상처를 꺼내어
삶을 비참하게 구겨 넣고
외친다

메아리가 들리고
허튼 소리가 들려온다
허튼 메아리에 심장은 멎어가고
상처를 풀어주기 위해
상처를 쌓는 아픔을 견디며
심장이 운다

달리기

처음입니다
그대가 둘이었다는 사실을 안 것이
하나는
현실에 사는 그대와
둘은
마음에 사는 그대
그 사이에 놓인 거리만큼
오늘도 달려갑니다
마음은 빠르게 뛰고 있는데
그대는 점점 멀어져만 갑니다
마음이 가고
그대도 가고
잡을 수 없는 그리움만이
현실을 향해 달려갑니다
눈 감고 잠시 쉬려고 해도
그대가 있는 마음은
어서 가라고 뜁니다
그대가 가까워지고 있는
현실이 느껴질 때면
주체할 수 없는 마음에
그대가 보입니다
현실이라 믿는 마음이
오늘도 달려갑니다

만남이라 여기며

아침마다 재잘대는 소리를 듣게 하는
하루의 시작을 만남이라 여기며
오늘도 어제처럼 깨어있는 날이지만
얼굴마다 달라진 표정에
한 움큼씩 묻어있는 피곤이 안쓰러워 보인다
교실 문을 들어서는 얼굴과
교실 문을 들어서는 가슴에
상쾌한 바람이 와 닿아서
어깨를 누르는 먼지라도 날리게 하여
하루가 그 만큼의 가벼움으로
맘껏 날 수 있도록 하고 싶다
책가방을 메고
교실을 들어서는 일이
웃음을 메고 돌아갈 수 있는 시간이 되어간다면
오늘도 여전히
교실에서 일어나는 일을
만남이라 여기며
한 올의 추억과
한 올의 행복이 되고 싶다

행복한 하루다

행복한 하루다
하루 종일 시간을 누비며
힘차게 달렸다
허기진 배를 채우기 위해
밥도 먹고
늘어진 마음을 다스리기 위해
책도 읽고
그리움을 전하기 위해
전화도 하고
일주일간 쌓였던 피곤을 씻기 위해
낮잠도 자고
새로운 시작을 위해
각오도 하고
행복을 부르기 위해
노래도 하고
시간이 많은 걸 주는
행복한 하루다
찾으면 찾을수록 자꾸만 안겨오는
행복이
선풍기 바람을 타고
쏟아져 나오는
그런 날이다

한 발 그리고 길

한 발을 딛고
두 발을 옮기기가 힘겹다
첫 발을 잘못 디뎠기에
다시 되돌아오는 것도 힘겹다
시간이 가는 동안
무엇을 하고
어디쯤 왔는지도 모른 채
한 발을 딛고
두 발을 옮기기가 힘겹다
다시 되돌아가는 힘겨움 쯤이야
가볍게 털어내고
민들레 홀씨 되어
정처 없이 갈 것만 같았다
그러나
한 발을 딛고
두 발을 옮기려하니
마음이 온통 무너져 내린다
한 가닥의 바람에도
흔들리다 꺾이는 마음이
한 발을 딛고
두 발을 옮기려 하더니
마음은 이미 답답한 안개가 자욱하다
한 발을 벗어나는 것이 힘겹다
두 발을 옮기기는 더 힘겹다
처음으로 가는 한 발이
되돌아올 수 없는 길이 되었다
두 발을 딛는 길이 되었다

새로운 탄생

새로워진다는 것(촛불을 보고 있을 때)
막연하게 들리는 이 말이
생의 마지막을 기다리는
내 앞에 놓여진 촛불처럼
끊임없이 태워버려야 하는 것

새로워진다는 것(유서를 쓸 때)
하얗게 놓여진 백지 위에
삶을 닳아버린 흑심을 눌려
한자 한자 적어 넣고
눈물 한 방울에 씻겨내는 것

새로워진다는 것(관속에 들어갈 때)
모든 욕심 다 버리고
짜여진 관 속에 한 몸 누워
닫혀진 욕망의 고리를 끊어
어둠 속에 빛을 찾아내는 것

새로워진다는 것(좌우명 쓸 때)
어지럽던 삶의 흔적들이
한 자루의 촛불로 남아
태워지고 사라져서
묵은 마음속에 하얀 백지로 돌아가는 것

새로워진다는 것(새롭게 출발할 때)
거역할 수 없는 부름처럼
자신을 되돌아 본 후
남은 삶의 점들을 새롭게 채워
사랑을 그려가는 것

새로워진다는 것
우리는 이것을 새로운 탄생이라 말한다

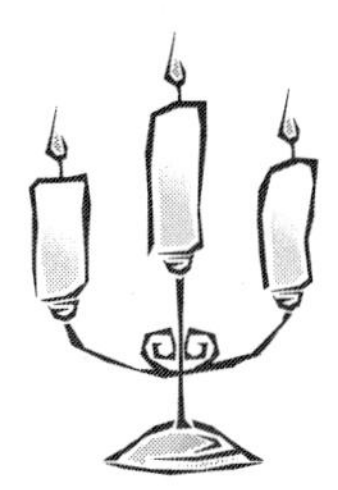

들어섰던 길

한 걸음 들어섰던 길
가면서도 몰랐다
묵묵히 걸어야 했던 길
지금에 와서 되돌아보니
내가 걷는 길이 되었다

두 걸음 들어섰던 길
멈칫하며 알았다
마음이 원했던 만큼
자랐던 꿈처럼
소중하게 다가오는 길이 되었다

세 걸음 들어섰던 길
나의 모든 것이 되었다
멈칫하는 순간도
안타깝게 느껴지는
찾아가는 길이 되었다

네 걸음 들어섰던 길
돌이킬 수 없는 시간처럼
일초 이초 그리고 영원히
벗어날 수 없는
유일한 희망의 길이 되었다

눈을 감고 있다

눈을 감고 있다
한동안 그렇게 서 있었다
지나가는 소리가 들린다
발걸음 소리, 자동차 소리,
구름 흘러가는 소리, 바람 소리, 꽃피는 소리
한참을 머문 후에도
스쳐가는 소리밖에
마음잡을 소리는 없다
시간은 조금씩 흘러들고 있었다

눈을 감고 있다
여러 소리가 섞여서 온다
찾을 수 없는 소리로
햇살이 내려앉은 거리에
그림자가 서 있다
그 안에 햇살이 잠든다
소리가 지나고
눈물이 머문다
여러 소리로 숨어서 가는 너
들리지만 들을 수 없는 너
그림자에 잠든 소리가
노을에 가려 운다

눈을 감고 있다
바람도 가고 구름도 가고 햇살도 가고
그렇게 많은 인연이 가고 있다
바라던 너는

어둠에 갇혀
올 수도 없는 긴 잠에 빠져
들을 수도 없는 소리로
스쳐가는 소리만 만든다
힘없이 무너지는 하루 걸음
밟혀 우는 그림자가
다시 운다
어둠이 오는 밤에
소리는 벽에 기댄 채
들을 수 없는 소리로 운다
너를 잡고 운다
눈을 감고 운다

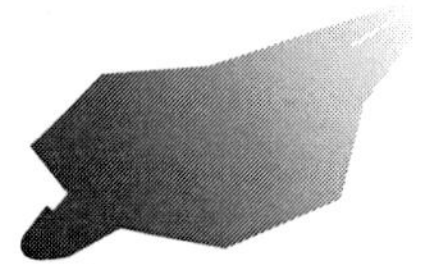

너란 사람 알 수 없다

한 송이 꽃을 들고
한 사람을 향해
오늘도 걸어가서
아무도 모르게 그 사람 책상 위에
흔적 없이 놓고 오는 날
바람이
함께 걷다가 스치듯 가며 하는 말이
'너'란 사람 알 수 없다
'너'란 사람 정말 알 수 없다
꽃이 놓여진 책상 위에
시들어버린 나의 마음이 그대로인데
아직도 뛰는 심장을 안고 가는
'너'란 사람 알 수 없다
'너'란 사람 정말 알 수 없다
버릴 수도 없는 마음이
꽃을 두고 온 책상에서
영원할 거야 믿는
그 어리석은 믿음을 가진
'너'는 대체 누구이기에
바람이 스치듯 가는 날이면
바람은 또 다시
'너'란 사람 알 수 없다
'너'란 사람 정말 알 수 없다

돌이키려 하지 말자

애써 돌이키려 하지 말자
그냥 흘러가는 것만 지켜보자
막고 선들
잡고 선들
무엇을 어찌할 수 있단 말인가
쓸쓸함이 밀려와도
허무함이 차올라도
그냥 돌이키려 하지 말자
바람이 멈춰 서서 있다면
향기는 오지 않듯이
마음이 찾는 대로
마음이 가는 대로
그냥 그대로 놓아두자
어찌할 수 있단 말인가
과거를 잡고 선들
미래를 끌고 온들
지금 내가 할 수 있는 것은
그냥 그대로
애써 돌이키려 하지 않으면
그 뿐
마음이 찾는 대로
마음이 가는 대로
오늘은 숨 쉬고 싶다

나

도무지 알 수가 없다.
어떻게 살아야 하는 게
옳은 건지… 그리고 맞는 건지
아직은 더 시간이 지나야
알 수 있을까
한 걸음 걷는 것조차 이렇게 힘겨워서야
심장은 가라고
어서 가라고 뛰는데
알 수가 없다
도무지 어떻게 가라는 건지
무턱대고 지내온 시간도
분명 살아야 할 이유가 있을 텐데
여전히 길 잃은 모습으로
방황하는 나
지쳐가는 건 아닌지
무엇조차 뚜렷하게 보이지 않고
희미한 불빛에
아른거리는 나
돌아서고 또 돌아서고 싶지만
그럴 수 없는 선택이었던 시간
가야 한다
도무지 알 수도 없는 길을
힘껏 걸어야 하는 나
그래서 걷고 있는 나

알 수 없는 길

길을 걷는다는 것이
알아서 가는 길이 아니라
무작정 보이는 곳으로 가는 것이다
땅 위를 수놓은 발자국이
지나온 날의 흔적으로 남았지만
또다시 걷게 될 길에서
오늘도 걷는다

길을 걷는다는 것이
알고자 하는 마음으로
새롭게 찍혀진 발자국에
새날을 새긴다는 것이다
뒤따르는 바람만이
지나온 향기를 전해주지만
뒤돌아선 시선으로
앞서가는 시선으로
오늘도 길을 걷는다

몸부림치듯 뛰는 심장과
몸부림치듯 뛰는 발끝
길을 걷는다는 것이
알아서 걷는 길이 아니라
내 안의 길이였다는 생각으로
오늘도 또 다른 오늘도
나는 길을 걷는다

말, 말, 말

하지 말아야 할 말
그리고
해야 할 말
하루 동안 무수히 많은 말 중에
내가 쓰는 말
더럽혀진 기름때처럼
지울 수 없는 말
하지 말아야 할 말과
해야 할 말
그러나
하지 말아야 할 말을 해버린 나
무너져가는 나
바람에도 흔들려 버리는 나
무력한 나
스스로가 합리화시키는 데
주저하지 않는 나
그런 나를
하루 동안 보았다
숱한 다짐들도
숱한 맹세들도
바람 불면 흔들리는 것을
어찌 마음에 품은 뜻을 이룰 수?있을까
낮아지고 낮아지기를 바라면서
하지 말아야 할 말을 함으로써
높아지려는 억지를 부리는 나
하루는 더디게 가고
마음은 빠르게 퇴색되어버린 나
이런 나를
용서하소서

구름이 되어

한 점 구름이 되어
어디론가 가고 싶은 날
하늘에 흘러가는 구름이 되어 본다
마음이
떠나고 싶어 심장이 뛰는 날엔
하늘을 보고
한 점 구름을 따라 간다
정처 없이 떠돌다가
이름 모를 곳에 멈춰 선다 해도
지금의 마음은
흘러보내야 한다
싸늘한 날씨와 따뜻한 마음
엇갈린 시간처럼
되돌릴 수 없는 생각들
시작은 작은 마음으로 비롯되었지만
지금의 마음엔 불안과 답답함
하늘에 한 점 구름이 되어
어디론가 흘러보낸다
매일같이 찾아든 공허함보다
시작도 없었던 작은 공간에서
다시 뛰어가고 싶은 마음
구름이 되어 본들
떠날 수 없는 시간들과 미련들
이젠 다시 찾고 싶은 날보다
앞으로의 잦은 시간들 앞에서
마음은 흘러가야 한다
한 점 구름이 되어
그렇게 흘러가고 싶은 마음

글을 썼다 지웠다

컴퓨터 자판으로 찍어내는
숱한 단어의 움직임이
어디로 가야할지 흔들린다
뚜렷한 모습이 있는 것도 아니고
선명한 미소가 있는 것도 아닌데
글을 썼다 지웠다
풀어내는 마음에 담겨진 얘기가
파도처럼 밀려와서
가슴을 철썩철썩 치고 간다
파도에 떠밀려오는 모래알이
산산이 부서지는 마음 같아
하얀 거품을 내뱉는 바다 품으로
몽땅 쏟아 붓고 나면
마음엔 고요가 찾아든다
저 멀리 보이는 수평선 너머로
솟아나는 태양의 밝음에
내 안에 다시 빛이 보인다

잊지 마

잊지 마
어느 누구보다 먼저 스스로를 인정하는 법을
그리고
자신을 진정 인정하는 그 순간이
남을 인정할 수 있는 마음이 생기는 밑거름이 되니까

잊지 마
잘나고 못난 것은 자신이 보는 거울이라는 것을
그리고
매일같이 자신의 거울을 닦는 그 순간이
보다 투명하게 자신을 비추는 아름다움이 되니까

잊지 마
힘든 순간이 와도 희망은 자신을 비추고 있다는 것을
그리고
그 힘든 순간이 계속될 것 같은 그 순간이
희망으로 가는 하나의 문을 열어줄 테니까

난 쓰레기다

아낌없이 다 주고
아낌없이 다 사랑하고
아낌없이 다 버리고 가는
난 쓰레기다
그런 쓰레기가 되길 갈망한다
매일같이 만나는 아이들에게
가지고 있는 이 마음을 다 쏟아 붓고
미련 없이 버려지는 쓰레기처럼
살고 싶다
여전히 삶은 두렵다
쓰레기가 되는 삶보다
의미 없이 지나가는 삶이 두렵다
쓰레기가 되는 과정은
한 번은 꼭 쓰이고 가는 삶이 되는 것
내 삶의 진정한 가치를 주는 일이라면
쓰레기 같은 삶이 되는 건
오로지 자신의 온전한 마음을 다 줄 때
이루어지는 고귀한 삶이라 믿는다
오늘도
쓰레기가 되는 삶을 두려워하지 않겠다
난 쓰레기다
아니 쓰레기가 되는 과정에 서 있다

행복이란 만족하는 삶이다

꽃동네 잔디밭에
옹기종기 세 잎 클로버가
하늘을 떠받치고 있다
푸르게 돋아난 잎들이
너무도 곱고 아름다워
잠시 걸음을 멈추고
그 안에 시선을 묻는다
시선 따라 가는 마음이
어느새 네 잎 클로버를 찾고 있다
네 잎 클로버의 꽃말이 행운이라는데
여전히 마음은 요행을 바라는 걸까
한참을 찾고 찾아도
세 잎 클로버만 가득하다
어찌 보면 다행이다
꽃동네 들판에는
세 잎 클로버만 가득하다
행복이 푸르게 돋아나서
그윽한 바람으로 전해진다
세 잎 클로버 꽃말이 행복이라는데
세 잎 클로버가
옹기종기 모여
하나의 덩이를 만들고
그 안에 푸른 행복을 담아
서로의 향기를 전하며 사는 게
꽃동네 아닐까
꽃동네 들판에는
행운보다 행복을 찾아가는 곳이다

그곳엔
행복이 산다
행복의
참 의미를 아는 사람이 산다
행복을 나눠주는 사람이 산다
오늘도
꽃동네 여기저기에는
행복을 한 움큼씩 얻어가는 사람들이 있다

그게 나다

난
너무도 나약하다
자신이
강하다고 믿는 바보가 나다
생각해보면
너무도 한심한 게
나다
무엇이 두렵고
무엇이 겁나서
그렇게
자신을 얼룩지게 하는가
왜 바꾸지 않았을까
자신의 좁은 세상 안에서
그들을 이해하지 못하는
옹졸함에 갇혀서 사는 난
자신을 믿는 바보다
그게 나다
턱없이 부족함을
한낱 어리석음을
드러내고
눈 가리고
귀 막고
마음 닫고
그들 앞에 서서
사랑 잃을까 두려운 게
나다
한 번만 이해했으면

한 번만 생각했으면
마음은
한결 자유로울 수 있었을 텐데…
매일같이 볼 그들에게
슬픔을 주는 것이
두렵다
겁난다
그리고
미안하다
다시 시작하고 싶은 난
거듭나는 바보이고 싶다
그게 나다
생각해보면
문제는 나에게 있다
답도 나에게 있다
어리석은 마음은
그 답을 밖에서 온다고 믿었다
바보다
난
그들을 너무도 모르는 바보다
희망이란
또 다른 이름의 시작이길
한 번만 더 믿는 바보가 되고 싶다
그게 나다

사내가

가만히 눈 감으면
아무것도 볼 수 없을 것 같은
두려움이 밀려오지만
눈을 감고 잠시 기다리다 보면
어둠으로
한 사내가 천천히 다가오고
그 사내는
유심히 나를 살핀 뒤
말없이 뒤돌아간다
한 사내가 다녀간 뒤
알 수 없는 고요가 밀려들고
또 다시 어둠 깊숙이 들어가다 보면
수없이 많은 사내가 있고
그 중 한 사내가
다시금 다가와 나를 살피곤
뒤돌아간다
눈 감으면 아무것도 볼 수 없을 것 같더니
오히려 한 사내가 보이고
그 사내가 어둠에서 다가와
나의 손을 잡고
나의 마음을 잡고
그리고
뒤돌아간다
그 후
찾아드는 고요는
어둠을 찾아가는 길을 보여준다
눈 감으면
너무도 친숙한 한 사내
그 사내가 그립다

3부

걷고 또 걸어서 가라

나무의 흔들림

바람이 왔나보다
바람이 오는 날이면
나무는 온몸을 내어주며
흔들어 보인다
바람이 들려주는 얘기에
뭐가 그리도 신이 날까
나무의 흔들림은 끊이질 않는다
잠시 나무 곁에서
여행담을 풀어내는 바람과
연신 까르르 웃어대는 나무
그들 사이에 새 한 마리도 날아와
노래한다
잦은 바람이 찾아드는 날이면
나무는 지칠 만도 한데
그럴수록 더욱 세차게 흔들어 보인다
바람이 갈 때까지
나무는 흔들린다
누군가에게 흔들린다는 것도
자신의 온몸을 내어줄 때
나무의 흔들림이 되어가는 것처럼
하루 동안
마구 흔들렸던 나를 보았다
나무의 흔들림이 아니라서
마음이 아픈 나를
바람에게 온몸을 내어주고
웃음을 보여주는 나무
창밖으로 무겁게 걸어가는 마음이
바람에 흔들리는 나무에 앉아
함께 흔들리고 싶다

담쟁이덩굴

담쟁이덩굴이
벽을 타고 오릅니다
수직으로 뻗은 건물에
바람에도 흔들리는 연약한 몸을 기대어
어느덧 건물 꼭대기까지 올라갔습니다
힘겨웠을 시간이
곳곳에 상처로 남았지만
그 푸르름은
건물을 덮은 채 번져갑니다

내가 아는 한 소녀가 있습니다
담쟁이덩굴을 닮아서
시간의 벽돌로 쌓은 벽을
날마다 오릅니다
힘겹게 오는 시간의 벽에
푸르른 빛을 칠하며
하루하루 높아져 가는 벽을
웃음으로 오르는 소녀가
내 곁에 있습니다

돌 깨는 소녀

루빠는 8살이다
하루 종일 돌을 깨고 받는 돈은
60원
아침 겸 점심을 먹고
아침부터 돌을 캐고
그 돌을 망치로 깬다
배고픔은 참을 수 있다던 루빠도
학교에 못가는 서러움에
눈시울이 붉어진다
4살 때부터 돌을 캐고
그 돌을 깨고
받는 돈 60원
수천 번의 망치질이
피워낸 손가락 마디마디에
시간의 아픔이 굳었다
운명이란 만들어간다는 말이
어쩜 루빠에겐 정해져 있는 듯하다
그런 루빠에게도 웃음과 행복은 있다
루빠에게 가장 행복한 시간은
배불리 먹을 수 있는 저녁식사 시간이라고 한다
시집간 언니와
폐결핵을 앓고 있는 아버지
루빠의 망치질엔
가족이 있다
8살 루빠를 어찌 어리다고 하겠는가
루빠를 보며
나를 보니
돌이 되어버린 마음이
루빠의 망치로 사정없이 깨져버렸다

바다야 아프니

- 태안 앞바다

바다의 슬픈 얼굴과
울부짖는 파도소리
맑게 갠 하늘도
검은 재앙에 가리고
암흑의 바다는 숨소리를 잃어
한동안 멍하니 있었다
죽음의 색깔로 변해버린 생명과
어찌할 줄 모르는 어민들의 한숨들
길게 늘어져 수평선으로 떨어진다
"희망은 없다"
"바다는 죽었다"
힘없이 오는 파도 소리에
환청처럼 들리는 소리
그렇게 삶의 바다를 놓아둘 순 없다
수평선 넘어
새날이면 솟는 삶의 불을 끌어와
평생을 태우고 받치고 시름했던 바다는
삶의 터전이며 어머니였다
그런 바다를 놓아둘 순 없다
젓가락질, 숟가락질 하던 손으로
이젠 바다를 덮어버린 죽음의 재앙 앞에
여린 나의 손으로 바다를 품고자 한다
바다여
슬퍼 마라 울지 마라
다시 푸른 빛 도는 그날까지
내 네 곁에 함께하리다

삶의 희망이었던 바다여
지금도 너는 삶의 희망이고
우리가 평생을 품고 갈 어머니여라
너를 살리리라
삶의 전부였던 바다여

-태안 앞바다에

생명을 불어넣는 모든 사람들을 위해

시골길을 걸으며

시골의 한적한 길을 걸었다
초등학교 때부터 고등학교 때까지
2km쯤 되는 거리에
숱하게 발자국을 찍고 지우며
학교를 다녔다
내딛는 발자국마다
시골의 향기가 담기고 피었다
도시의 굴뚝이 된 입과 코는
시골의 향기에 씻겨지고
향긋한 시골의 내음에 흠뻑 취한 마음은
푸른빛에 담겨져 집으로 앞서 간다
어릴 적 거닐던 길을
서른이 넘은 나이에 걸어도
어릴 적 불었던 바람은 그대로이고
논길을 따라 줄지어 솟아난
이름 모를 풀들도
여전히 시골길을 지키며 함께했다
냇가엔 벌써부터 찾아온 철새가
가을빛에 익은 물 위를 유유히 헤엄치고
감나무에 대롱대롱 매달린 감은
뻘겋게 익어서 누구가의 손길을 기다린다
어릴 적 풍경으로 남아있는 시골길도
대부분 포장된 아스팔트길로 변했지만
지금도 여전히 어릴 적 걸었던 그 소리만은
마음을 울리고
어릴 적 불었던 바람은
마음을 열고 들어와
도시의 구겨진 마음을 말갛게 씻어준다

어머니

어머니 품속에서 자라
어머니의 일부를 가지고 태어나서
지금껏 살아왔습니다
신이 주신 축복 중에
손가락 꼽아 세어보아도
최고의 축복은
어머니의 아들이라는 사실입니다
언제나 들려주는
삶의 지혜들을
잊고 살 때도 있지만
어긋나지 않으려 하는 마음이
아직은 남아있습니다
사랑함으로 사랑하는 법을 가르쳐주고
나 아닌 다른 사람을 베푸는
넉넉한 마음을 보여주신 어머니
바람에 출렁이는 파도소리가
마음을 울립니다
바다 깊이 내려가서
고요히 마음을 품어주는 어머니
하루해가 산을 넘어가다
물들이고 가는 노을처럼
따뜻한 마음을 남겨주신 고마움이
세상을 조금이나마
연탄불 같은 마음을 전할 수 있습니다
태워지고 버려지는 마음이지 않게
매일같이 채워주는 어머니
수천 번을 말하고 싶어도

의지로 억눌렀던 말
사랑합니다
어머니 곁에 있도록
허락해주신 신께 또한 감사합니다

친구의 결혼을 축하하며

그대와 나
이렇게 함께 합니다
우리에겐 하늘의 귀한 선물이 있습니다
정말이지 앙증맞고 사랑스럽습니다
함께하는 시간이
서로의 길이기에
우리는 행복합니다
살면서 소나기처럼 왔던 시련과 아픔들은
그리 오래지 않아 달아났습니다
그리고
오늘 이 순간이
우리들의 행복을 잇는 새로운 길이 됨을 압니다
그대에게 오랜 시간의 기다림을 주었던 만큼
새하얀 웨딩드레스와 그대가 걸어올 길이
하얀 설렘으로 내 마음에 닿았습니다
그대는 나만의 세상이고
오직 내 마음 속에서
하나의 왕국을 이끄는 여왕입니다
그대가 보여준 사랑으로
우리는 왕국을 세웠습니다
세 아이는
우리의 관심과 사랑 안에 피어나고 있습니다
시간의 빛깔이 변해가는 모습으로
하늘이 선물해준 우리의 아이 또한
아름답게 변해갈 겁니다
함께 걸어온 길보다 더 많은 길을
두 손 맞잡으며 걸어갈 수 있는

약속의 시간을 오늘 그대와 내가 갖고자 합니다
오늘 우리는 하나의 길에 들어섰습니다
등 뒤로 흘러 보낸 눈물과 시련들은
앞날에 대한 희망의 씨앗이 되어
튼실히 자라고 있습니다
이 길을 걷기 전부터
우리는 하나였고
지금 이 순간 또 우리는 하나가 되었습니다
영원이라는 말은
그대가 내 심장에 온 그날부터
내 것이 되었습니다
영원히 사랑합니다
말할 수 없는 그날까지
오늘 이렇게 내 눈 앞에 있는 그대를
사랑합니다
그리고
우리에게 희망으로 살아갈 이유를 알게 한
세 아이도 사랑합니다
그대를 만난 건 잊을 수 없는 행복입니다
길 잃은 내 마음에 운명처럼 왔습니다
사랑합니다 사랑합니다
영원이라는 말이 지워지는 그 순간까지
그대를 사랑합니다

친구야

친구야
슬프니
마음이 미워지려 하니
그렇다고 지금 포기할 수 없잖니
끝없이 밀려들어
바위에 산산이 부서지는 파도도
다시 바다가 되잖니
지금의 아픔도
품은 마음보다 한없이 작을 거라 생각해
지금에야 무너지면 안 되잖니
한 걸음 뒤에 있다고
길을 걷지 못하는 건 아니야
길은 언제나 걸어주길 기다리고 있잖니
곁에서 지켜주는 사랑하는 가족과
하늘의 선물
딸이 아빠를 응원하잖니
잦은 실패를 주는 시간의 아픔이
힘겹고 슬퍼도
다시 걸어야 될 길이 두려워도
용기 내어 걸어주지 않겠니
눈물이 나도
마음이 무너져도
다시 한 번만 일어나서
내 길이 여기 이렇게 있다고
힘차게 걸어가지 않겠니
그 슬픔 함께할 수 없어도
푸른 하늘에 그린 꿈
이루어지는 날까지
함께 가자 친구야

낙엽

바람에 실은 빛바랜 흔적들
거리에 뒹구는 때 이른 아픔들
화려한 세월을 두고
거리에 낙엽이 쌓여 가는 날
남겨둔 청춘의 열기가 타고 나면
주름 하나 긋고
남겨둔 시간이 떨어지고 나면
생의 긴 잠을 준비하고
우리 곁에 빈 가지가 되는 나무처럼
다 버리고 가는 삶의 행복도
끝내 채울 수 없는
시간의 공백으로
지금은 잊혀지고 버려지는 날
거리에 낙엽이 쌓여 가는 날마다
쓴 웃음 속으로 던져버린
생의 주름들 다 지우는 새 삶으로
다시 태어나는 꿈을 꾸고 싶은
태초의 어미가 되어준 품으로
거리에 낙엽이 쌓여간다

고향의 밤

한밤중에 일어나서
대문 밖으로 발걸음을 옮기고
앞산을 보았다
앞산은 안개에 가려서
고요히 잠들어 있고
반쯤 열린 산허리로 날아왔던
한 마리의 새가 불러주는 노래는
마음을 깨우며 간다
집 앞으로 흐르는 냇가에선
한 낮에 내린 비로
거친 숨소리를 흘리며
어디인지도 모를 곳으로 흘러간다
달빛이 앉은 가을 코스모스엔
샛노란 보름달이 솟았다
주위에 그윽하게 찬
가을바람이 흔들고 가는 마음은
그리운 사람으로 앞산에 그려진다
고향의 밤이 그렇게 가고 있었다

하늘

심심했던 하늘
구름 몇 조각 그려놓고
입술을 둥글게 모아서
바람을 불었더니
구름이 흩어졌다
이내 다시 모였다
그 순간 나는 보았다
구름 뒤에 숨겨졌던
푸른색의 하늘
비가 내리고
천둥이 치면
마음도 우울했던 날
그때는 몰랐다
하늘의 색깔
입술로 흘러나온 바람이
구름을 흩어버리는 순간
하늘의 색깔이
마음이었던 게 아닐까
가끔씩 하늘을 가리고
하늘색을 잊게 하는 날
마음도 잊혀졌던 날이었다
구름이 흩어지면
하늘은 푸른색 얼굴로
언제나 그렇게 웃고 있었다

나무야

나무야
어쩜 그리도 미련하니
비 오면 비 맞으며 그대로이고
눈 오면 눈 맞으며 그대로이고
30도가 넘는 여름의 열기에도
싱싱하게 피어낸 잎들이
살랑살랑 비벼가며
무슨 좋은 일이라도 있는 거니

나무야
어제보다 더 푸르게 가꾸어 가는
너에게 무슨 대단한 힘이라도 있는 거니
조그만 상처에도
무너져가는 마음이 나인데
송충이가 살점을 떼어내도
뿌리가 바위에 짓눌려도
싱싱한 웃음 잃지 않는 너에게
도대체 무슨 힘이 있는 거니

나무야
시간이 지나면
너에게 닥칠 겨울의 시련을 알기나 한 거니
그때도 지금처럼 싱싱한 웃음으로
나를 반겨줄 수 있겠니
마주서서 너를 보고
거울 속에 나를 보니
웃음을 떼어내고 있었구나
잠시만…마음이 아플 때면
너의 싱싱한 웃음을 빌려주지 않겠니

비가

비가
한 점을 쫓아 쏟아진다

비가
지면에 닿아 부서진다

비가
부서진 후 한줄기가 된다

비가
흘러가는 곳은 또 다른 하늘이다

비가
아득히 먼 하늘 닮은 바다로 간다

비가
으깨진 마음이었다가 한마음이 된다

비가
한마음이 물든 바다로 간다

그 바다를 꿈꾸며
비가
애절하게 내린다

한탄강 래프팅

물길 따라 가는 길에
소망 하나 품고 간다
그동안 너무 높은 곳에서 산 탓일까
물길 따라 가는 길이
자꾸만 흔들린다
높은 곳에서 내려온다는 것이
온 몸을 흔드는 일이구나
물살이 느리고 빨라지는 지점에서
보트에 실은 몸이 자꾸만 흔들리고
쉴 새 없이 튀어 오른다
보트에 의지해 있는 몸이
물길 따라 한 몸이 되어간다는 것이
두려움을 주는 일이다
흔들림을 주는 일이다

물길 따라 가는 길에
소망 하나 품고 간다
물길이 끝나는 곳이
아득히 멀게만 느껴지는 시간
흔들리는 보트가
흐트러진 마음 같기만 하다
조각나 있는 마음이
한 몸이 되어 흘러가는 물처럼
한길을 가는 물처럼
마음에 흘러드는 물길은
갈래갈래 조각이 나 있다
한 몸이 되어 가는 물길 따라

보트가 흘러가고
마음이 흔들린다

물길 따라 가는 길에
소망하나 품고 간다
높은 곳을 떠나 낮은 곳으로 가는
물길이 품을 바다가
아득히 멀게만 느껴지고
굽이쳐 가는 물은
바위에 부딪쳐 산산이 부셔지고
마음과 섞여 가니
마음은 또 다른 물길이 되어
물길 따라 흘러간다
그 곳에 나를 품어줄
바다를 꿈꾸며
보트는 흔들리며 간다

엄마, 아빠

사랑합니다
말하지 못하고 속으로만 되뇌던 말
얼마만큼 사랑하는지
그 크기를 견준다는 것이
미안하고 부끄럽습니다
당신의 사랑으로
마음이 따뜻해지는
하루가
감사하고 행복합니다
당신의 아들로 태어나서
살아갈 수 있는 현실이
저에게는 벅찬 감동입니다
오늘도
마음을 보내주시고
마음을 입혀주시고
마음을 감싸주시는
그 헌신 앞에
부끄럽게만 느껴지는 말
사랑합니다
계절은 바뀌어서
봄이 가는 것과 여름이 오는 것
그리고 또 계절이 부르는 노래들
오늘도
부끄럽지 않게 살려고 노력합니다
때론 너무도 부끄러운 생각이
자신을 세상 밖으로 밀어내지만
당신은

언제나 제자리의 마음을 찾는 힘이 됩니다
고맙고 감사하고 사랑합니다
말하지 못한 말이 되어 맴돌다가
이제야 마음을 꺼내어 말하고 싶습니다
사랑합니다
일생을 살면서
많은 기억들이 오고 가고
잊혀지겠지만
당신을 사랑하는 마음은
행복입니다
행복은 언제나 마음에 있습니다
당신이 마음에 있듯이
사랑합니다

뛰고 또 뛰고

뛰고 또 뛰고
작은 몸짓이 바람을 타고
달려온 거리의 끝에서
뛰어오르기를 몇 백 번
시간이 바람에 휩쓸려 간 사이
다섯 시간이 흘렀다
한 번의 시작이
수백 번의 같은 몸짓으로 그려질 때
마음을 채워가는 시원한 바람과 햇살
그리고 붉은 장미 한송이
아침부터 시작된 두려움과의 맞닥뜨림이
오후를 넘긴 후
자신을 키워가는 힘이 된다
무거워지는 다리와 어깨 그리고 마음은
뛰고 또 뛰는 사이
무중력 상태를 느낀다
드넓은 하늘
그 한복판에 자신을 새기는 시간
뛰고 또 뛰고
시작은 두려움으로 와서
마음에 돋아난 날개는
앞을 막고 있는 두려움을 넘었다
뛰고 또 뛰고
하늘을 날았다

이 시는 원경이를 위해 쓴 시다.
하나의 목표를 이루기 위해 긴 시간
두려움이란 장벽을 넘기 위해 구슬땀을 흘린
그 열정과 노력이 대견하다.
한걸음씩 가는 것이 느린 것 같아도
결국엔 그 한걸음이 있어서 목표에 도달할 수 있다는 것을
마음으로 느끼는 날이 되었으면 한다.
원경아! 자랑스럽다. 오늘 성공은 끊임없이 노력한 결실임을
잊지 마라.

새가 되어

한 소녀가 새처럼
날갯짓 몇 번에
하늘 높이 날아오르는 꿈을 꾼다
자유를 향해
던져진 몸은
날개가 없다
새가 되고 싶어
수십 번을 달리고 달렸지만
날아오를 것 같던 몸은
또다시 떨어져버린다
상처와 힘겨움이
날고자 하는 의지의 상징처럼
온 몸에 새겨지고
다시 달려와 더 높이 나는
꿈을 꾸는 소녀의 마음에
한 마리 새가 날아와
앉는다
새가 되어 날고 싶은 소녀는
새처럼 날 수 없었다
오로지
새가 앉은 마음에
언제나 날 수 있는 희망이
하늘 담은 마음을 난다
날개 없이 난다
한 소녀의
비상은 시작되었다

늦은 시간까지 뜀틀 연습을 하는 호림이
너무도 열정적이며 노력하는 모습이 감동이었다.
세 시간을 하나의 목표를 향해 달린 호림이가
그 시간이 주는 가치의 소중함을 느끼고 가는
시간이었기를…
끊임없이 달리고 달린 시간이 주는 선물은
아마도 값진 보석처럼 빛이 날 것이다.

하늘 공 사 중

하늘
공 사 중
이란 푯말이 붙었다
하루 종일
하늘 가린 구름 사이로
빗줄기가 내리고
하루가 축축하게 흐른다
마음도 가렸다
살랑살랑 불어오는 바람도
비에 젖어
무겁게만 느껴지는 하루
마음이 비를 맞는다

내일이면
하늘
공 사 끝
이란 푯말이 내걸리고
푸른빛이 감도는 바람과
푸른빛이 흐르는 구름이
오
겠
지
남은 잔재의 얼룩마저 치우고 나면
하늘 빛 닮은 마음에
빛이 물들어 와
비에 젖은 마음에
햇살과 바람 그리고

넌
푸른 하늘 닮은 마음을
주
겠
지

그러나

오 늘 은

하늘
공 사 중

마음도
공 사 중

사랑합니다
- 충북 음성 꽃동네를 다녀와서

사랑합니다
꽃동네 오는 길에
너무도 낯설던 이 말이
꽃동네 향기에 젖어드니
가슴이 따뜻해집니다
가슴에 잊혀진 다섯 음절의 말이
가슴을 깨웁니다
낯선 가슴이 와서
그렇게 살아납니다
사랑을 주는 것이
사랑을 받는다는 것을
이 작은 가슴이 담으려 합니다
서로이기 이전엔
낯선 시선이었다가
눈에 찬 한 꺼풀의 눈물을 씻고 나니
가슴이 뜁니다

사랑합니다
깊은 가슴에 있는 것도
드러내지 않으면
없다는 것을
가슴 앞에 새긴 다섯 음절의 말로
다시 가슴은 뜁니다
행복입니다
이렇게 와서 잃었던 가슴에
온기를 주는 시간이
사랑합니다

사랑합니다
꽃동네 그 이름처럼
향기로 피는 힘찬 걸음 주는
이 날을
또
사랑합니다

반장

- 희망의 집

중증장애인들이
모여 희망을 꿈꾸는 집이 있다
우리는 그 집을
희망의 집이라 부른다
그리고
그 희망의 집 앞에
반장이라는 분이 있다
들어가고 나오는 사람들을 위해
신발을 정리한다
들어갈 때
편하게 벗어놓은 신발은
나올 때도
편하게 되어 있다
들어갈 때 편한 만큼
나올 때는 불편함을 주는 신발이
편하게 되어 있다
불편한 몸으로
편안한 마음을 주는
편안함에 벗어 놓은 신발이
그 분의 눈엔
너무도 불편한 모양이다
주는 사랑이
일깨워주는 행복이
마음을 찡! 하게 하는
희망을 담고 계신
그 분이 정리해 준 신발을 신고
희망의 집을 나섰다

꽃이 지고 간 자리마다

꽃이 지고 간 자리마다
초록 하늘이 열렸다
햇살이 흐르는 초록 강에
지고 간 꽃의 향기가 흐르고
초록 강줄기를 타고 피는 생명의 신비가
거친 바람에 흔들려도
초록 웃음 짓는 여린 마음이
하늘을 닮았다

꽃이 지고 간 자리마다
초록 하늘이 열렸다
초록 강에서 들려오는 노랫소리
짙어지는 초록 강 물빛
희망의 메시지 담아낸 초록 강 되어
세상 향한 몸짓으로
바람에 쉼 없이 흔들려도
햇살 머금은 초록 잎 피었다

오층 다목적실을 나서며
- 남아서 구르기 연습하는 제자들에게

수업이 끝나고 오층 다목적실에 모여
하얗고 파랗던 매트 위에
둥글게 말았던 몸과
둥글게 말렸던 땀
천장 위의 불빛이
작은 몸을 채워가며
조금씩 밝아질 때
짙게 흘러내린 검은 그림자가 걷히고
빛이 물들어 온 자리에 들어찬 희망
한 번의 시작으로
두 번이 되고 그리고 숱한 번 채운
불빛에 흐르는 땀과 난
이제 다시 가야하는 길이
어둡지가 않음을 가지고 가는 시간
오층 다목적실에서
불빛이 꺼져도
창가에 그려지는 노을이
뻘건 무리로 와서 닿고 가는 저녁
봄꽃 향기 짙게 배인 바람이
희망의 노을을 넘어 오는
바람 불던 그날에
오층 다목적실을 나섰다

어머니, 아버지

내가 만나는 사람들
그들과 함께 한다는 것은
그들을 가슴 속 깊이 품었던 그분들도 함께하는 것이다
내가 아는 사람들
그들도 나와 같은 편안함을 가슴에 품고 있는 사람들이다
어릴 적 나의 모든 것이었다가
나이를 먹고
시간이 흐른 뒤에
또 다시 나를 채워주는
한 걸음 딛는 두려움조차도
가슴으로 덮어주시고
보이지 않는 세상이 닥쳤을 때
나의 두 눈 말갛게 닦아준
지금에 와서야
그 가슴 깊이에
녹아내린 사랑을 알겠다며
단지 그 사랑을 알겠다며
수만 번을 뇌되도
아직도 나의 가슴엔
그분들의 사랑을 빼면
한걸음 딛고 무너져 내릴 것만 같다
일생을 살면서
그 훗날에도
나의 가슴에 그분들이 산다
그분들의 사랑이 산다

어머니, 아버지
당신의 사랑 앞에
아직 커가는 나의 사랑도
언제쯤이면 닮을 수 있을까요!
너무도 사랑합니다
지금의 모습으로
나에게 모든 것을 주시고
지금의 모습으로
나에게 사랑을 알게 하신
너무도 소중한 당신을 사랑합니다
어머니, 아버지
다 주고 있는 사랑이
오늘도 사는 이유를 깨우쳐 줍니다
사랑합니다
사랑합니다
이 세상에 나와서 이름 한 번 불릴 수 있는
축복과 행복 가질 수 있게 해준
그 무한한 사랑에
감사합니다

첫 담임과 빛

처음이란 말이
마음을 두드리는 숱한 시간
기대어 쉴 수 있는 마음이 있다
나약한 마음으로 기대어 본 시간도
나약하지 않게 하는 빛이 있다
보는 것만으로
듣는 것만으로
모두를 줄 수 있는 빛
어디를 어떻게 걷든
내 안을 밝혀주는 빛
그들이 있어
난 행복하다
티끌의 흔적으로
물들이지 않게 하고 싶은
나의 빛
일상의 고개를 넘나들어도
힘겨움 털어주는 빛이 있어
오늘도
웃을 수 있다
빛이 되어 준 그들이
나 또한 빛이 되어
그늘진 흔적을 지워주고 싶은
나로 거듭나게 하는
소중한 빛
나의 빛

한 아버지 이야기

한 아버지가 있다
56세에 눈이 멀어서
20여 년을 칠흑 같은 어둠에서
하루의 시작과 끝이 같은
아버지가 있다
매일같이 바다를 품에 안고
그물을 쳐서 고기를 잡는 아버지
집으로 오는 고기는 살아서 팔딱거렸다
가족들에게 살아있는 고기를 회로 주기 위해
바닷물이 고여 있으면
몇 번이고 고기를
풀어주고 담기를 반복하며
그렇게 살아있는 고기는 집으로 왔다

한 아버지가 있다
어둠 속에 사는 아버지는
밝음 속에 사는 가족들을 걱정한다고 한다
끝이 없는 하루
아버지에게 오는 하루는 끝이 없다
어둠과 밝음의 경계가 없는
그 무한한 하루에
아버지의 사랑도 있다
매일같이 바다를 향해
칠흑 같은 어둠에서
팔딱거리며 뛰는 사랑을 잡는 아버지
한 아버지가
우리 곁에 있다

흔들바위

어디로 가서
어떻게 살아야 하는 걸까
지치고 힘겹던 날들이
다시 찾아오는 것이
마음을 묶어 두고 있는 걸까
잠시만 쉬고 싶었을 뿐인데
다시 시작하려니
마음은 움직이질 않는다
흔들바위를 안다
누구나 흔들어 보면
힘없이 흔들거리지만
흔드는 사람은 알까
흔들린다는 것은
제자리를 떠나보내지 않으려는
힘겨운 몸부림이란 걸
수없이 흔들어 본들
결국엔 제자리에 와 서 있는
흔들바위처럼
매일같이
흔들거리며 벗어나려 몸부림치지만
결국엔
잠시의 편안함을 이끈 마음처럼
그대로인 내가 보이니
숱하게 흔들거리고 비틀거려도
흔들바위가 아니라
쉼 없이 부서지고 깨지는
구루는 바위가 되고 싶은 마음

오늘도
하루는 흔들거리며 가는데
마음은 제자리였던 나
나는 흔들거리는 게 두려운 게 아니라
흔들거리며 구르다
부서지고 깨지는 것이
두려운 게 아닌지
하루가 흔들거리며 간다
마음도 흔들거리며 간다

한 줌 재가 되어
-친구의 아버지께 바치는 글

숱하게 찍은 삶의 흔적을
한 줌 재로 남기기엔
너무도 허망합니다
얼굴 가득 새겨진 삶의 주름들
파도처럼 밀려왔던
삶의 고뇌와 절망
바위처럼 살다가
활활 타는 불이 되어
한 줌의 재가 되어버렸습니다
항아리 속 당신의 모습도
말할 수 없는 슬픔을 담기엔
당신의 짐이 되는 것 같아
바람으로 눈물을 삼켜
한 줌 재로 날립니다
먼 길 찾아가는 그 곳에서
영생을 사시어
속절없이 지내왔던 주름의 흔적들을
다 지우고
편히 잠드세요

산

산으로 왔다
허락 없이 찾는 나그네의 발걸음으로
산으로 왔다
산새소리 솔가지 흔드는
산으로 왔다
가슴 안에 메아리 살아 숨쉬는
산으로 왔다
푸른빛
어느덧 타버린 그 시절 담고자
산으로 왔다
주어도 주어도 넉넉함으로 채워주는
산으로 왔다
가지려는 마음조차 부끄럽지 않게 하는
산으로 왔다
몇 번을 더해야
산을 닮아서
산이 될까

걷고 또 걸어서 가라

운동장에 찍혀진 발자국처럼
한 발 두 발 옮기어 놓고
걷고 또 걸어서 가라
힘차게 지침과 외로움이 곁을 지켜도
고요한 새벽녘 이슬처럼
영롱한 빛이
눈가에 희망이 됨을 잊지 마라
걷고 또 걸어서 가라
때로는 힘겨워
어깨의 무게로 짓눌려도
때로는 가슴의 답답함이
터질 것처럼 차올라도
꿋꿋이 걷고 또 걸어서 가라
한 번에 하나씩 새롭게 딛는 발자국처럼
희망이 있음을 잃지 마라
용기가 나지 않을 때
외로움이 더해갈 때
자신의 가슴에 손을 얹어
심장과 하나가 되어 보라
끊임없이 뛰는 심장이 있음을
어제도 오늘도 그리고 내일도
지침 없이 뛰는 심장이 있음을
잊지 마라
오늘은
누구의 것도 아니다
오로지 자신만이 가질 수 있는 선물임을
잊지 마라

걷고 또 걸어서 가라
자신의 발자국 담은 그 안에
희망의 씨앗이 자라고 있음을
그 안에 자신답게 사는 이유가
매일같이 새롭게 피어나고 있음을
잊지 마라
걷고 또 걸어서 가라
60억 분의 1
그 숫자의 가치가 자신임을 잊지 마라
소중한 그대여
걷고 또 걸어서 가라

낙엽 비

바람이 부는 날이면
어김없이 떨어지는 낙엽 비
낙엽 비를 잡으면 행운이 깃든다고
믿는 아이들
떨어지는 낙엽 사이로
손을 뻗어 움켜쥐지만
허공을 가르는 두 주먹엔
행운보다 값진 추억이 담기고
행운보다 값진 행복이 담긴다
무엇을 원하고 바라는 마음으로
낙엽 비 사이로 오는 행운은
두 손을 벗어나 길가에 쌓여가지만
행운보다 더 큰 행운은
아이들이 믿고 있는 맑고 순수한 마음
낙엽 비가 떨어지면
행운은 멀어져간다고 믿겠지만
추억과 행복은
낙엽 비 되어 마음으로 쌓여오는 걸

가는 길

길이 있어 생각 없이 걸어온 길
다 닳았다고 생각하고
시간 흘려보내는 일을 하고 있는 나
어디에서 멈추는지 알지도 못한 채
되돌아 볼 여유도 갖지 못한 채
흘러가는 시간 앞에 나약하게 버티고 서있던 나
오늘이 가도 내일이 가도
그렇게 무기력하게 서 있을 나를 생각하면
오늘을 사는 중요한 일이란
시간 앞에 무기력하게 무너지는 일이 아니라
하나의 의미가 되어줄
그 무언가를 찾아가는 일
매일같이 만나게 되는 사랑스럽고 소중한 아이들
어디서부터 서로가 시작되는지 알 수는 없지만
시간의 의미가 주는 만남에서
함께 가는 길을 찾아가고 싶다
낮아지고 낮아져서
스스럼없이 흘러들 수 있도록
따뜻함으로 피어나고 싶은 소망
잃을 수도 없고
지울 수도 없는
만남이란 소중함 앞에서
오늘을 찾는 내가 되길 바란다

떡볶이

떡볶이를 먹었다
용암처럼 끓어오르는 철판 안에서
고추장 옷을 입은 가래떡이
바다를 떠난 오뎅과 만나서
얽히고설켜 만든 맛있는 떡볶이
한 접시에 2000원

서로를 알아간다는 것도
뜨겁게 끓어오르는 마음으로 가서
얽히고설켜 주고받는 것이라며
떡볶이를 먹었다
테이블에 둘러앉아
서로의 눈을 마주보며

떡볶이를 먹었다
한 접시에 담긴 떡볶이가
2000원의 행복으로
끓어오르는 용암에서 담겨져 와
식었던 마음을 달군다
그렇게 우리는 서로를 위한 떡볶이가 되었다

작가 후기

〈나는 나를 좋아한다〉라는 시집의 제목은 현재 우리 반의 급훈이다. 자신을 많이 좋아하는 사람만이 자신의 가치를 알고 그 가치만큼 높은 목표도 세울 수 있다고 한다. 난 아이들이 그와 같기를 바라는 마음에서 '나는 나를 좋아한다' 라는 급훈을 만들었다. 이 말이 너무 좋아서 시집의 제목으로 정한 것이다.

학교에 발령받아 온지도 3년이 되어가고 있다. 지난 시간보다 더 많은 시간을 아이들과 보낼 것이다. 걸어온 길을 돌아보는 것보다 더 설레는 일은 지금 함께하고 있는 아이들의 모습이다. 그리고 다가오는 시간이다. 너무도 많은 것을 준 아이들이 없었다면 이 시집은 나올 수 없었을 것이다. 시를 쓸 수 있었던 원천은 아이들이었다. 고마운 마음을 이 한 권의 시집으로 전하기는 어려운 일이다. 매일같이 빚어내는 행복이 있다면 쉼 없이 빚어서 나누어주고 싶은 사랑스런 아이들이다.

2007년 첫 담임을 하면서 아이들과 약속한 것을 지키기 위해 책을 출간하게 된 동기도 있다. 담임을 하면서 마주했던 아이들의 얼굴과 그 속에서 피워냈던 웃음과 행복 그리고 슬픔, 모든 것들이 나에겐 소중한 마음이었다. 제자들을 만나면서 서로이기를 바랐던 마음과 그 마음에서 꽃피우는 모든 일들이 이 책이 나올 수 있는 배경이 되었다.

또한 이 책이 나올 수 있는 용기의 근원은 마음이었다. 내 속에서 꿈틀거리며 뛰는 꿈이라는 마음과 아이들이 전해준 값진 마음이었다. 많은 시가 아이들과 함께하면서 얻은 소중한 마음들이기에 나에게는 너무도 소중한 자산이다. 체육수업을 하면서 마음에 왔던 아이의 모습에서 찾은 시도 있고, 하루하루 보내면서 마음이 빚어내는 흐름을 옮겨 적은 것도 있다.

교사로 생활한지도 어느덧 3년이 되어가고 있다. 시골에 계신 부모님의 사랑과 믿음은 지금의 마음보다 더 아름답게 빚어낼 수 있는 무한한 가능성을 심어주셨다. 가장 존경하고 사랑하는 부모님이 없었다면 지금의 나도 없었을 것이다. 항상 감사하고 고맙다. 보답할 수 있는 가장 좋은 방법이라고 생각하는 것은 지금의 마음을 온전히 부모님께 전하는 것이라고 생각한다. 지금껏 그래왔던 부모님의 마음에는 미치지 못하겠지만 조금이나마 보여주고 싶다. 내 안의 사랑을 다 주고 싶은 부모님! 사랑합니다.

부족함이 많은 시다. 시라는 것을 배워본 적이 없기 때문에 시를 사랑하는 사람들이 보면 부끄러워질지도 모른다. 그러나 무엇보다 중요하게 생각하는 것은 내가 좋아서 쓴 시라는 것이다. 시라기보다는 마음을 옮겨보고 싶었다. 세상의 찌든 얼룩에 물드는 마음을 조금이나마 씻어보려고 시라는 것을 쓰게 되었다. 글을 쓰는 순간은 행복하고 좋다. 시를 쓰면서 마음은 아직 아름답게 바라볼 세상이 있다는 것을 확인할 수 있었다.

끝으로 아이들의 이름을 불러보고 싶다. 첫 담임을 하면서 마음을 채웠던 아이들의 이름은 다솔, 병진, 서정, 송이, 지윤, 혜수, 서현, 민재, 윤지, 다미, 예나, 승희, 은조, 주선, 은비, 지수, 희주, 원경, 다슬, 근영, 규호, 병국, 순우, 건곤, 영조, 한솔, 명환, 지훈, 재현, 한울, 석찬, 시원, 정돈, 경규, 기정, 호준, 한익, 준석, 인혁, 재영, 형윤 그리고 지금 함께하고 있는 아이들의 이름은 다선, 지민, 현진, 대연, 우진, 현정, 미래, 성현, 지현, 혜민, 희수, 지윤, 푸름, 예진, 소영, 수현, 예호, 서윤, 지윤, 자윤, 용구, 다훈, 동민, 민홍, 성수, 태호, 한남, 현종, 지영, 효신, 태홍, 종훈, 찬희, 세준, 재훈, 재환, 승민, 주석, 재현, 선우, 정현이다. 또한 내가 아는 많은 제자들의 이름도….

오늘도 마음에 한줄기 빛으로 다가와 나를 물들이고 간다. 항상 밝은 마음을 열어가며 세상이라는 들판에 무성한 풀들이 길을 가리고 있다하여 두려움에 떨지 말고 당당하게 헤치며 앞으로 나아갈 용기를 채워가길 바란다.